WISHBOOKS MODERN FANTASY STORY
세상S 장편소설

뜨겁게 던져라

뜨겁게 던져라 2

세상S 장편소설

초판 1쇄 찍은 날 | 2017년 10월 23일
초판 1쇄 펴낸 날 | 2017년 10월 30일

지은이 | 세상S
펴낸이 | 예경원

기획 | 위시북스
편집책임 | 이규재
편집 | 이즈플러스

펴낸곳 | 예원북스
등록번호 | 제396-2012-000132호
등록일자 | 2012. 7. 25
KFN | 제1-160호

주소 | 경기도 고양시 일산동구 호수로 646-24 위너스21 II 빌딩 206A호 (우)10401
전화 | 031-819-9431 팩스 | 031-817-9432
E-mail | yewonbooks@naver.com

ISBN 979-11-6098-593-1 04810
      979-11-6098-591-7 (set)

WISHBOOKS MODERN FANTASY STORY
세상S 장편소설

뜨겁게 던져라

②

- 꿈을 향해 -

CONTENTS

7장 노히트노런(1)   7

7장 노히트노런(2)   45

8장 희비   83

9장 대표 선발   153

10장 세계 청소년 야구 선수권 대회   229

7장
노히트노런(1)

1

5회 초.

해명 고등학교가 1 대 0으로 앞서가는 상황에서 송일섭이 마운드에 올라왔다.

지난 4회 초 때 뼈아픈 실투로 1점을 헌납한 게 마음에 걸린 것일까. 송일섭의 표정은 그리 밝지 못했다.

'더 이상 점수를 내줄 수는 없어.'

무표정한 얼굴로 로진백을 주물럭거리던 송일섭이 더그아웃을 바라보았다.

다행히도 최인창 감독은 별다른 움직임이 없었다. 최소한

5회 초까지는 자신에게 맡길 모양이었다.

하지만 송일섭은 5회에서 투구를 마칠 생각이 없었다.

'이번 이닝을 삼자범퇴로 막으면 6회도 올라올 수 있어. 투구 수 관리만 잘하면 돼.'

송일섭은 질근 입술을 깨물었다. 그리고 강동열이 있는 불펜 쪽을 매섭게 노려봤다.

'나 아직 안 죽었다. 내 게임에 함부로 끼어들 생각 마라.'

투구판에 발을 올리며 송일섭이 크게 심호흡을 하였다.

다행히도 이번 이닝의 타순은 좋았다.

8-9-1번으로 이어졌다. 8, 9번 하위 타자들을 잡아내면 1번 타자도 어렵지 않게 상대할 수 있었다.

'좋아, 일섭아. 깔끔하게 막아내자.'

포수 박하선이 송일섭을 독려하듯 미트를 두드렸다. 8번 타자 고준용은 수월한 상대였다. 첫 번째 타석에서도 삼진으로 돌려세운 만큼 이번에도 어렵지 않게 잡아 낼 수 있을 거라 여겼다.

타석에 들어선 고준용도 직전 타석의 삼진을 의식하듯 방망이를 단단히 움켜쥐었다. 그리고 초구부터 힘껏 방망이를 휘둘렀다.

딱!

방망이 끝에 걸린 타구가 1루 관중석 쪽으로 날아갔다. 포심 패스트볼에 타이밍을 맞춰봤는데 방망이가 밀리고 말았다.

'삼진은 싫다 이거지?'

박하선이 씩 웃으며 바깥쪽으로 슬라이더를 요구했다.

따악!

또다시 삼진을 당할 수는 없다는 조바심에 고준용이 또다시 방망이를 휘돌렸다.

타구는 유격수 정면으로 굴렀다.

"크윽!"

고준용이 이를 악물고 1루로 뛰었지만 유격수 박준섭의 송구보다 빠르진 못했다.

뒤이어 타석에 들어선 9번 타자 박인호도 고준용만큼이나 적극적으로 타격에 임했다. 송일섭이 충분히 지쳐 있다고 판단한 것이다.

방망이를 짧게 움켜쥐고 좌타석에 들어선 박인호는 초구에 스트라이크를 잡으러 들어온 포심 패스트볼을 힘껏 잡아당겼다.

따악!

방망이 끝에 걸린 타구가 완만한 포물선을 그리며 2루수키를 살짝 넘겼다. 2루수 조창식이 있는 힘껏 점프해 봤지만 타구에는 미치지 못했다.

"젠자앙!"

마운드에 있는 송일섭이 입술을 질근 깨물었다. 고준용을 잘 잡아놓고 또다시 안타라니. 이러다 중심 타선으로 연결이 될까 봐 겁이 났다.

그러자 박하선이 나서서 분위기를 다잡았다.

"괜찮아, 괜찮아. 그냥 안타일 뿐이야. 병살로 잡으면 돼."

마운드에 올라온 박하선이 송일섭을 다독거렸다. 그리고 내야수들에게도 집중해서 수비를 해달라고 주문했다.

"후우……."

송일섭도 애써 숨을 골랐다. 박하선의 말대로 여기서 더블 플레이로 끊어낸다면 중심 타선까지 연결되는 건 막을 수 있었다.

포수석으로 돌아온 박하선이 1번 타자 최영기를 힐끔 보았다. 자연스럽게 최영기가 앞선 타석에서 때려낸 2루타가 떠올랐다.

초구를 때려 2루타를 만들어내서인지는 모르겠지만 최영기의 얼굴에는 자신감이 가득했다.

잠시 고민하던 박하선은 바깥쪽으로 엉덩이를 움직였다. 그리고 미트를 들어 올렸다.

'바깥쪽 낮은 코스로.'

공교롭게도 박하선이 요구한 공은 직전 타석에서 2루타를 얻어맞은 것과 같은 코스였다. 차이가 있다면 그때보다 공 한 개 정도 더 빠졌다는 것뿐이었다.

'확실하게 던져야 해!'

'걱정 마!'

사인을 확인한 송일섭이 고개를 끄덕였다. 그리고 박하선 의 요구대로 바깥쪽 낮게 포심 패스트볼을 던졌다.

후아앗!

바람 소리와 함께 날아간 공이 최영기의 눈에서 점점 멀어 져 갔다. 굳이 건드리지 않는다면 볼이 될 가능성이 높은 코 스였다. 그런데 최영기가 반응을 보였다.

앞선 타석에서 2루타를 쳤던 잔상이 남아 있었던 것이다.

홍!

최영기가 머릿속으로 2루타를 그리며 방망이를 휘돌렸다. 하지만 공은 방망이 끝에 맞고 하늘 높이 치솟고 말았다.

"젠장!"

타구를 확인한 최영기가 방망이를 집어 던지며 1루로 뛰 어갔다. 그사이 중견수 이인구가 앞으로 몇 걸음 달려와 멈 춰 섰다. 그리고 천천히 글러브를 들어 공을 잡았다.

2루로 반쯤 움직였던 박인호가 다시 1루로 돌아왔다. 뒤이 어 아웃 카운트 램프에 두 번째 불이 들어왔다.

1사 주자 1루 상황이 2사 주자 1루 상황으로 바뀌었다. 그리고 2번 타자 조상우가 들어섰다.

조상우의 표정은 밝았다. 앞선 수비에서 유격수 땅볼을 깔끔하게 처리했을 때의 즐거운 감정이 아직 남아 있는 상태였다.

그래서인지 송일섭의 공에 쉽게 방망이를 내밀지 않았다.

초구는 몸 쪽으로 휘어져 들어가는 슬라이더(볼).

2구 역시 또다시 몸 쪽으로 휘어져 들어가는 슬라이더(스트라이크).

3구는 바깥으로 살짝 빠져나가는 포심 패스트볼(볼).

4구는 바깥쪽으로 제구된 각이 큰 커브볼(스트라이크).

투 스트라이크 투 볼 상황에서 송일섭이 5구를 힘껏 내던졌다.

코스는 한복판에 가까운 몸 쪽.

구종은 포심 패스트볼.

조상우는 놓치지 않고 공을 힘껏 잡아 당겼다.

따악!

요란한 타격음과 함께 타구가 3유간을 꿰뚫었다. 유격수 박준섭이 다이빙 캐치를 시도해 봤지만 타구는 아슬아슬하게 글러브를 벗어나 좌익수 방면으로 굴러갔다.

그사이 1루수 박인호는 2루를 돌아 3루까지 내달렸다. 좌익수 한현민이 타구를 잡기가 무섭게 곧바로 3루를 향해 내던졌지만 스타트가 좋았던 박인호는 슬라이딩을 하며 3루에 살아 들어갔다.

순식간에 2사 1루 상황이 2사 1, 3루 상황으로 바뀌었다.

지켜보던 최인창 감독의 눈썹도 요란스럽게 꿈틀거렸다.

"동열이 어깨는?"

최인창 감독이 팔짱을 낀 채로 고인문 투수 코치를 바라봤다.

"아직 좀 더 시간이 필요합니다."

고인문 코치가 당장의 투수 교체는 어렵다고 말했다. 몸이 늦게 풀리는 강동열을 이 상황에 올렸다간 난타당할 가능성이 높아 보였다.

"후우……."

최인창 감독은 다시 포수 박하선을 바라봤다.

마침 박하선도 감독을 바라보고 있었다.

'이번에 무슨 일이 있어도 막아라. 더 이상 점수는 안 돼.'

최인창 감독이 가볍게 사인을 냈다.

박하선도 단단히 고개를 끄덕였다.

한편 송일섭의 표정은 완전하게 일그러져 있었다. 2아웃을 잡았다지만 안타를 두 개나 허용했다. 그렇다고 특별히 지친 건 아니었다.

투구 수가 늘긴 했지만 아직 80구도 되지 않았다. 7회까지

갈 자신이 있었다. 손의 악력도 충분했다. 그런데도 계속해서 안타를 맞고 있으니 답답할 노릇이었다.

'제기랄!'

송일섭의 시선이 다시 불펜 쪽으로 향했다. 아직 불펜 문은 열리지 않았지만 이 위기를 막아내지 못하면 강동열이 달려 나올 것만 같았다.

그때였다.

"송일섭! 집중해! 뭐 하는 거야!"

보다 못한 박하선이 자리에서 일어나 따끔하게 한마디했다. 이럴 때일수록 정신을 차려야 하는데 정작 정신이 강동열에게 팔려 있으니 제대로 투구를 할 수 있을 리 없었다.

'빌어먹을……'

송일섭이 이를 악물었다. 이렇게 된 이상 어떻게든 이번 이닝을 막아내야 했다. 이번 이닝을 무실점으로 막아낸 다음에 감독의 아량에 기대는 수밖에 없을 것 같았다.

타석에는 3번 타자 곽영철이 서 있었다. 타선이 약하다는 해명 고등학교라도 중심 타선을 차지하고 있는 만큼 어느 정도 장타력을 갖춘 타자였다.

하지만 송일섭은 이를 악물고 공을 내던졌다. 이번 봉황기 결승전의 마지막 투구라 생각하고 혼신의 힘을 다했다.

퍼엉!

묵직한 포구음과 함께 곽영철의 표정이 달라졌다. 대기 타석에서 봤을 때보다 송일섭의 공이 훨씬 더 빨라진 것이다.

뒤늦게 이를 악물고 대처해 봤지만 악 대 악의 대결은 송일섭의 승리로 끝이 났다.

4구 삼진.

"스트라이크 아웃!"

구심의 삼진 콜이 요란스럽게 울렸다.

2사 1, 3루의 위기 상황을 무실점으로 막은 송일섭의 삼진은 인상적이었다.

하지만 정작 더그아웃으로 향하는 송일섭의 어깨는 축 처져 있었다.

송일섭이 눈치를 보며 눈앞을 지나가자 최인창 감독이 나직이 한마디 내뱉었다.

"고생했다."

그 한마디로 이번 봉황기에서의 투구는 끝이 났다.

송일섭은 고개를 푹 숙이고 모자를 꾸욱 눌러썼다. 그리고 터지려 나오려는 울음을 삼키며 나직이 말했다.

"알겠…… 습니다."

송일섭은 일부러 가장 구석으로 가서 앉았다. 그의 곁으로 3학년 투수들이 다가와 말했다.

"고생했다, 일섭아."

"오늘 정말 잘 던졌어."

뒤이어 후배들도 다가와 위로를 건넸다.

"고생하셨습니다, 선배님!"

"누가 뭐라고 해도 오늘 선배님은 최고였습니다."

하지만 송일섭의 귀에는 그 어떤 말도 들려오지 않았다.

❷

2사 이후지만 1, 3루라는 절호의 득점 기회가 무산됐다. 1
대 0. 한 점 차 앞서는 상황이라면 투수에게 부담이 될 수밖
에 없었다.

그러나 다시 마운드에 오른 강동원은 조금도 흔들리지 않
았다. 오히려 보란 듯이 위력적인 연습 투구를 펼치며 덕선
고등학교 타자들의 기를 죽였다.

"저 자식은 지치지도 않나."

타격 코치 한승국의 입에서 절로 짜증이 튀어나왔다. 오늘
강동원의 공이 미트에 꽂힐 때마다 구심은 오른팔을 들어 올
리느라 바빴다.

스트라이크존에 꽂히는 공도 많았지만 강동원의 유인구에
덕선 고등학교 타자들의 방망이가 헛도는 경우도 잦았다.

그만큼 강동원은 1구, 1구 최선을 다해 던졌다. 그렇다면

당연히 체력 소모가 심할 수밖에 없었다.

하지만 강동원은 마치 이번 이닝에 새로 마운드에 오른 투수처럼 힘이 넘쳤다.

"저러다 완투하면 큰일인데……."

한승국 코치가 불안한 듯 중얼거렸다.

그러자 최인창 감독이 고개를 돌려 고인문 투수 코치를 바라봤다.

"동원이 녀석, 지금까지 몇 개나 던졌지?"

"아, 그게……."

고인문 코치가 재빨리 수첩을 확인하고는 말을 이었다.

"네, 4회까지 35개입니다."

"35개라."

최인창 감독이 씁쓸한 표정을 지었다.

그 분위기 때문에 고인문 코치는 그다음 말을 하지 못했다. 강동원이 지금까지 퍼펙트로 덕선 고등학교 타선을 막고 있다는 사실을 말이다.

대신 고인문 코치의 야속한 시선이 강동원에게 향했다.

'저 녀석 대체 뭘 먹은 거야? 오늘 대체 왜 저래? 어깨 때문에 준결승전 건너뛴 게 맞긴 한 거야?'

고인문 코치가 질근 입술을 깨물었다. 강동원이 적당히 흔들려 줘야 뭘 해도 해볼 텐데 도무지 틈을 보여주지 않고 있으니 답답하기만 했다.

그러는 사이 강동원과 덕선 고등학교의 4번 타자 최태식의 대결이 시작됐다.

퍼엉!

강동원이 내던진 초구가 한문혁의 미트에 날카롭게 꽂혔다. 그러자 구심이 기다렸다는 듯이 오른팔을 들어 올렸다.

"스트라이크!"

"좋았어! 나이스 볼!"

한문혁이 구심보다 더 큰 목소리로 소리쳤다. 자연스럽게 강동원의 입가에도 웃음이 번졌다.

'저 자식, 뭐야? 나보고 오버하지 말라더니. 오히려 지가 흥분해서는.'

애써 웃음을 되삼키며 강동원이 로진백을 가볍게 주물렀다. 그리고 손에 묻은 로진 가루를 후 하고 불어냈다.

마지막으로 투구판을 밟은 뒤 한문혁의 사인을 기다렸다. 보나마나 유인구를 하나 요구할 거라 생각하며.

그런데 2구 사인으로 커브가 나왔다.

'응? 벌써?'

강동원이 살짝 눈을 치떴다. 원래 패스트볼로 카운트를 잡으면 커브를 결정구로 사용하는 게 일반적인 볼 배합이었다.

빠른 공을 먼저 보여주면 상대는 커브가 들어올 걸 알고 있어도 제대로 대처하지 못했다. 불리한 볼카운트에서도 제대로 때려낼 만큼 강동원의 커브는 만만치가 않았다.

그런데 이번에는 원 스트라이크 상황에서 커브 사인이 나왔다.

'뭔 생각이냐?'

의아했지만 강동원은 이내 고개를 끄덕였다. 한문혁이 보낸 사인이라면 그만한 이유는 있을 것이라고 여겼다.

"후우……."

길게 숨을 고르며 강동원은 글러브 안에서 커브 그립을 쥐었다. 그리고 와인드업을 한 후 힘껏 공을 내던졌다.

후앗!

강동원의 긴 손가락을 빠져나온 공이 살짝 치솟더니 이내 큰 포물선을 그리며 떨어졌다.

포심 패스트볼을 노렸던 최태식이 순간 움찔했지만 이내 놓치지 않겠다며 방망이를 휘둘렀다.

타이밍만 맞춘다면 강동원의 커브도 얼마든지 때려낼 수 있다고 자신했다.

하지만…….

따악!

둔탁한 타격음과 함께 타구는 높이 치솟고 말았다. 자연스럽게 최태식의 표정이 와락 일그러졌다. 제대로 맞췄다고 생각했는데 방망이 끝에 걸리고 만 것이다.

'제기랄!'

최태식이 방망이를 내던지며 1루로 뛰어갔다. 그러다 중견수 최영기의 글러브 속에 공이 빨려들어 간 걸 확인하고는 더그아웃 쪽으로 몸을 돌려 버렸다.

원 아웃.

최태식의 뒷모습을 힐끔 바라본 뒤 5번 김인환이 천천히 타석에 들어섰다.

김인환의 표정은 비장했다. 이번 이닝에서도 점수를 내지 못한다면 경기가 어려워질 수 있다는 걸 본능적으로 느낀 것이다.

'이 녀석은 노림수가 좋으니까…….'

한문혁은 미트를 평소보다 높게 들어 올렸다. 그리고 김인환의 눈높이로 들어오는 포심 패스트볼을 요구했다.

강동원은 군말 없이 고개를 끄덕였다. 김인환 정도 되는 타자에게 하이 패스트볼을 잘못 던졌다간 장타를 얻어맞을 가능성이 높았지만 오늘만큼은 왠지 그 누구에게도 얻어맞을 것 같지 않았다.

후앗!

강동원의 손끝을 빠져나간 공이 단숨에 한문혁의 미트에

꽂혔다. 한문혁이 마지막 순간 공을 억누르며 스트라이크존으로 밀어 넣으려 했지만 구심은 단호하게 볼을 선언했다.

'못 친 거야? 아니면 안 친 거야?'

김인환의 반응이 헷갈리자 한문혁이 다시 한번 똑같은 코스에 공을 요구했다.

강동원은 이번에도 군말 없이 하이 패스트볼을 던졌다. 그러자 김인환이 더는 참지 못하고 방망이를 휘둘렀다.

하지만 엉겁결에 나온 스윙으로 154㎞/h에 달하는 강동원의 빠른 공을 따라잡기란 무리였다.

퍼엉!

묵직한 포구 소리와 함께 구심이 오른팔을 들어 올렸다.

원 스트라이크 원 볼.

볼카운트가 다시 균형을 맞췄다.

"좋아!"

강동원이 씩 웃으며 공을 받았다. 반면 김인환의 얼굴은 와락 일그러져 있었다.

'젠장할!'

눈에 익는다고 해서 방망이를 휘두르는 게 아니었다. 2구만 참아냈더라도 투 볼이었다.

노 스트라이크 투 볼. 타자에게 절대적으로 유리한 볼카운트라면 제아무리 강동원이라 하더라도 스트라이크를 던지지 않을 수 없을 터였다.

그런데 그 절호의 기회를 놓치고 스윙을 해버렸으니 손에 쥔 방망이를 그대로 박살 내버리고 싶은 심정이었다.

'여기서 때려야 해. 기다릴 여유가 없어.'

김인환이 애써 마음을 다잡고 타석에 들어섰다. 강동원의 커브는 여전히 까다로웠다. 투 스트라이크 이후 강동원의 커브까지 머리에 그리고 타격에 임하는 건 고문이나 마찬가지였다.

그래서 김인환은 강동원이 3구를 내던지기가 무섭게 방망이를 휘둘렀다.

구종은 포심 패스트볼.

코스는 몸 쪽 스트라이크라고 판단했다.

하지만 한문혁의 미트는 스트라이크존보다 조금 더 깊숙이 고정되어 있었다.

따악!

마지막 순간 먹힌 타구가 3루수 정면으로 굴러갔다. 3루수 김재신은 거의 제자리에서 안정적으로 타구를 받았다. 그리고 침착하게 1루에 던져 김인환을 잡아냈다.

투 아웃.

이번에도 삼자범퇴로 끝날 위기가 찾아왔다.

하지만 정작 덕선 고등학교의 더그아웃은 조용하기만

했다. 그 누구도 강동원의 공을 제대로 치지 못하는 상황이라 섣불리 작전을 내지도 못하고 있었다.

"젠장할."

더그아웃 쪽을 힐끔 쳐다보던 6번 타자 주찬양이 미간을 찌푸렸다.

어느 정도 예상은 했지만 벤치에서는 별다른 사인이 나오지 않았다. 정석대로 강동원을 상대하라는 이야기였다.

차라리 번트 사인이라도 나왔다면 마음이라도 편했겠지만 눈부신 호투를 펼치고 있는 강동원의 공을 무작정 공략하라는 건 너무나 막연한 주문이었다.

'포심 패스트볼? 아니야. 앞선 타석에서 커브가 들어오지 않았어. 어쩌면 초구부터 커브를 던질지 몰라.'

한참의 고심 끝에 주찬양은 커브를 노렸다. 그러나 정작 홈 플레이트 바깥쪽을 스쳐 지난 공은 포심 패스트볼이었다.

"스트라이크!"

구심은 망설이지 않고 오른팔을 들었다.

"크윽!"

주찬양이 질근 입술을 깨물었다. 그러자 강동원이 쉴 틈도 주지 않고 2구를 던졌다.

후앗!

빠르게 날아든 공이 또다시 홈 플레이트 바깥쪽을 지나

갔다. 하지만 이번에는 구심이 손을 들지 않았다. 공이 초구보다 낮았다고 판단한 것이다.

'안 속네?'

한문혁이 씩 웃었다. 비슷한 코스로 공을 던지면 주찬양이 반응할 줄 알았는데 기다리는 걸 보니 커브를 노리는 게 틀림없어 보였다.

'그렇다면…….'

한문혁은 몸 쪽으로 미트를 움직였다. 구종은 체인지업. 커브를 노리고 있더라도 한 번쯤은 건드리고 싶을 만한 공이었다.

강동원은 군말 없이 고개를 끄덕였다. 그리고 한문혁의 미트를 향해 힘껏 공을 내던졌다.

후앗!

새하얀 공이 한복판을 지나 몸 쪽으로 파고들자 주찬양이 반사적으로 방망이를 움직였다. 참으려고 했지만 계속해서 시야를 자극하는 공을 무시하기가 어려웠다.

따악!

경쾌한 소리와 함께 타구가 3루 쪽 관중석으로 휘어져 나갔다.

"크으!"

주찬양의 입에서 안타까움이 흘러나왔다. 체인지업인 줄

알았다면 조금만 더 타이밍을 늦췄을 텐데 진한 아쉬움이 얼굴을 타고 번졌다.

그러나 한문혁은 눈 하나 까딱하지 않았다.

'좋았어.'

오히려 투 스트라이크가 만들어지기가 무섭게 강동원의 주 무기인 커브 사인을 냈다.

강동원도 고개를 끄덕이며 자세를 잡았다. 자연스럽게 주찬양의 눈빛도 달라졌다.

주찬양도 4구째 커브가 들어올 가능성이 높다는 걸 잘 알고 있었다. 그래서 커브의 궤적을 머릿속에 그리며 공을 기다렸다.

그런 줄도 모르고 강동원은 천천히 와인드업을 시작했다. 그리고 마지막 순간 탄환처럼 투구판을 박차고 나가 힘차게 공을 뿌렸다.

후앗!

다소 높게 제구된 공은 역시나 커브였다. 처음에는 슬라이더인가 싶었지만 구속을 보니 커브가 틀림없었다.

'좋아! 이제 떨어질 때를 노리면 돼.'

주찬양이 기다렸다는 듯이 방망이를 움직였다. 커브를 제대로 받아치기 위해 스윙을 늦추며 아랫배에 단단히 힘을 주었다.

'떨어질 때를 기다려! 떨어질 때를…….'

주찬양의 방망이가 떨어지는 커브와의 접점을 찾아 움직였다.

그런데…….

후웅!

강동원의 커브는 주찬양의 예상보다 훨씬 더 크게 떨어져 버렸다.

팍! 파박!

홈 플레이트 앞에서 바운드된 공을 한문혁이 가슴으로 막아 앞에 떨어뜨렸다. 그리고 낫아웃 상태인 주찬양의 엉덩이에 미트를 가져다 댔다.

"젠장!"

뒤늦게 1루로 뛰려 했던 주찬양의 입에서 욕지거리가 터져 나왔다. 이렇게 주찬양마저 삼진으로 잡아내며 강동원은 5이닝 퍼펙트 피칭을 이어갔다.

그러자 기자석도 들썩거리기 시작했다.

"5회까지 정말 팽팽한데? 점수도 고작 한 점밖에 나지 않았다고."

"그러게. 누가 결승전이 이 정도 투수전이 될 줄 알았겠어?"

"솔직히 강동원은 잘 던질 거라 예상했지만 송일섭은 완전

의외야. 안 그래?"

"그래, 강동열에게 에이스 자리 빼앗기고 나서 완전히 망가졌나 싶었는데 오늘 정말 잘 던졌어."

"비록 1실점 하긴 했지만 강동원한테 크게 밀리진 않았으니까."

"그런데 다들 눈치챘어? 강동원 5회까지 퍼펙트인데?"

"정말?"

"어디 봐."

누군가 퍼펙트란 말을 꺼내자 기자들이 모두 강동원의 투구표를 살폈다. 그러고는 약속이나 한 것처럼 탄성을 터뜨렸다.

"진짜네. 이러다가 봉황기 결승에서 퍼펙트게임이 나오는 거 아냐?"

"그럼 진짜 대박이지."

"오늘 강동원 던지는 거 보니까 어쩜 가능할지도 모르겠네."

"에이, 설마. 상대는 강호 덕선 고등학교라고. 절대 그렇게 두지 않을 거야."

퍼펙트게임에 대한 의견은 분분했다. 이제 고작 5회. 벌써 퍼펙트게임을 단언하기란 다소 일러 보였다.

그때였다.

"엇? 이봐, 저기 봐봐. 강동열이야."

"뭐?"

"뭐라고?"

기자들의 시선이 재빨리 그라운드로 향했다.

선발 송일섭이 물러난 마운드 위로 덕선 고등학교의 새로운 에이스, 강동열이 올라오고 있었다.

"드디어 강동원 대 강동열인가?"

"이야, 이거 오늘 기사거리 넘쳐 나겠는데."

"경기 결과를 떠나 확실히 이야기가 되겠어."

"뭐 하고 있어? 미리 기사 초안 써 놔! 어서!"

기자들은 너 나 할 것 없이 노트북을 열고 자판을 두드리기 시작했다.

강동원과 강동열.

봉황기 결승전에서 사촌 지간인 두 에이스가 맞붙었다. 고교 야구의 인기가 식었다곤 하지만 이 정도 스토리라면 대중들의 시선을 충분히 사로잡을 수 있을 것 같았다.

하지만 투구를 마치고 더그아웃으로 들어온 강동원은 수건으로 땀을 닦느라 강동열의 등판을 곧바로 알아채지 못했다.

"호오, 동원아이. 즈짝 봐라. 동열이다."

장비를 벗던 한문혁이 강동원의 옆구리를 쿡 찔렀다.

"뭐? 동열이?"

강동원의 시선이 비로소 마운드로 향했다.

자신이 조금 전까지 서 있던 그곳에서는 강동열이 연습 투구를 하고 있었다. 묵직한 포구 소리를 듣고 있자니 컨디션이 나쁘지 않아 보였다.

"짜식, 이제 나오냐."

강동원이 피식 웃으며 혼잣말처럼 중얼거렸다. 과거대로라면 강동열은 서린 고등학교와의 결승전에서 6회부터 마운드에 올라 공을 던졌다.

그리고 그 경기에서 승리투수가 되어 언론과 메이저리그 스카우터들의 관심을 한 몸에 받게 됐다.

하지만 그것은 어디까지나 사라져 버린 과거의 일이었다. 이미 바뀌기 시작한 현재에서는 강동열이 어떤 투구를 선보일지 그 누구도 장담하기 어려웠다.

강동원은 그저 사촌 동생인 강동열과 붙게 된 게 기분 좋았다. 중학교 시절 맞대결에서 담판을 짓지 못했는데 오늘 경기를 통해 최종 승자를 가리는 것도 나쁠 것 같지 않았다.

"오늘은 안 봐줄 거다."

강동원의 눈빛이 뜨겁게 불타올랐다. 그 모습이 중계 카메라를 통해 중계진에게 포착됐다.

─덕선 고등학교 투수 교체 있습니다. 선발이던 3학년 송

일섭 선수가 내려가고 2학년 강동열 선수가 마운드에 올라왔습니다.

－강동열 선수, 해명 고등학교 선발인 강동원 선수와는 사촌 지간인데요.

－네, 형제지간인 부모님들이 각자 자신이 좋아하는 야구 선수의 이름을 붙여준 일화가 유명했습니다.

－그 이름만큼이나 두 선수 모두 훌륭하게 성장해 주었는데요. 지금까지 사촌 형인 강동원 선수가 활약했으니 남은 이닝 동안 강동열 선수도 좋은 투구를 보여줬으면 좋겠습니다.

연습 투구를 마친 강동열은 호흡을 고르고 투구판을 밟았다.

6회 초 강동열이 상대할 첫 타자는 바로 해명 고등학교의 4번 타자 김재신이었다. 그래서 강동열은 초반부터 전력으로 공을 던졌다.

김재신도 바뀐 투수의 초구를 노리라는 말에 따라 초구에 방망이를 힘껏 돌렸다.

하지만.

따악!

생각보다 빠른 패스트볼에 먹혀 2루 땅볼로 물러나고 말았다.

4번 타자 김재신의 타격이 순식간에 끝나면서 5번 타자 주기하는 별다른 준비조차 하지 못하고 타석에 들어섰다.

덕분에 주기하도 강동열의 빠른 공에 대처하지 못했다. 투 스트라이크까지 밀리다가 3구째 바깥쪽을 파고든 강동열의 결정구, 슬라이더에 헛스윙 삼진으로 물러났다.

6번 타자 한문혁의 타석도 별반 다르지 않았다. 타격과는 담을 쌓다 보니 강동열의 공에 타이밍조차 잡지 못하고 삼진을 당했다.

"그렇지!"

"강동열! 잘한다!"

조마조마한 눈으로 경기를 지켜봤던 덕선 고등학교 응원석에서 함성이 터져 나왔다. 이틀 전 선발로 등판했다는 게 믿기지 않을 만큼 강동열은 좋은 공을 던지고 있었다.

"와나, 저 새끼. 준결승전에서 던진 거 맞나? 와 저리 잘 던지노."

장비를 착용하는 내내 한문혁이 불만스럽게 투덜거렸다. 그 옆에서 강동원은 스파이크를 툭툭 털어대며 빨리 나가자고 재촉했다.

"와? 동열이 나오니까 신나나?"

"신나긴 무슨."

"암튼 대충 던질 생각 마라."

"쓸데없는 소리 말고 빨리 나가자. 나 몸 풀어야 해."

마운드에 오른 강동원은 마치 처음으로 마운드에 오른 것처럼 묵직한 연습구를 던져 댔다.

그리고 다시 뜨겁게 달궈놓은 어깨로 덕선 고등학교의 7-8-9번 하위 타선을 맞이했다.

'무리하지 말고 깔끔하게 틀어막고 가자.'

한문혁이 미트를 팡팡 두드리며 신호를 보냈다.

"그래, 알고 있다."

강동원도 씩 웃으며 투구판에 발을 올렸다.

그사이 7번 타자 이진섭이 타석에 들어왔다.

'뭘 던져 줄까?'

강동원의 시선이 한문혁에게 향했다. 강동열이 나와서인지는 모르겠지만 지금은 어떤 공을 요구하더라도 잘 던질 것 같은 기분이 들었다.

그러자 한문혁이 보란 듯이 가운데 손가락을 펼쳐 보였다.

'저 자식이!'

순간 강동원의 얼굴이 와락 일그러졌다. 가끔씩 한문혁이 자신의 긴장을 풀어주기 위해 장난을 걸긴 했지만 포심 패스트볼 사인을 저런 식으로 받는 걸 좋아하는 투수는 이 세상에 단 한 명도 없었다.

강동원이 질근 입술을 깨물고 자세를 잡았다. 그리고 천천히 와인드업을 한 뒤에 크게 앞발을 내디디며 힘차게 몸을 내던졌다.

후아앗!

강동원의 손에서 뻗어 나간 패스트볼이 날카롭게 뻗어 나가 한문혁의 미트에 단단히 틀어박혔다.

퍼엉!

"스트라이크!"

주심의 목소리가 요란하게 울려 퍼졌다. 말이 필요 없는 완벽한 스트라이크였다.

하지만 한문혁은 공을 받은 채로 한동안 꿈쩍도 하지 않았다. 아니, 꿈쩍할 수가 없었다. 미트를 타고 전해지는 통증이 쉽게 가시지 않았기 때문이다.

'새끼, 그렇다고 이 악물고 던지냐!'

한참 만에 미트에서 공을 빼낸 한문혁이 강동원에게 힘껏 공을 돌려주었다.

"나이스 볼."

똥이라도 마려운 듯한 한문혁의 목소리에 강동원이 피식 웃음을 흘렸다.

"그러니까 장난치지 마라."

투구판에서 벗어나 로진백을 두드리며 강동원이 혼잣말처

럼 중얼거렸다. 제아무리 한문혁이라 해도 이런 식의 장난은 달갑지 않았다.

하지만 한문혁도 아무 이유 없이 강동원을 건드린 건 아니었다.

5회 말까지 강동원은 퍼펙트 경기를 펼치고 있었다. 그래서 강동원이 혹시라도 긴장할까 싶어서 한번 장난을 쳐본 것뿐이었다.

그런데 막상 공을 받아보니 전혀 걱정할 필요가 없어 보였다. 결승전에 대한 부담은 어디 달나라에 두고 온 것 같았다.

'점마, 혹시 지가 퍼펙트 경기를 하고 있다는 것도 모르는 기가?'

한문혁이 속으로 생각하며 사인을 보냈다.

이번에는 손가락 두 개를 펼쳤다.

구종은 커브.

코스는 바깥쪽.

강동원이 고개를 끄덕이며 투구판을 밟았다. 그리고 글러브 안에서 커브 그립으로 고쳐 잡았다.

단순히 그립을 고쳐 잡았을 뿐인데 강동원은 벌써부터 기분이 좋아졌다.

커브에 대한 자신감 때문인지는 모르겠지만 솔직히 포심

패스트볼보다 커브를 던지는 게 마음이 편했다.

"후우."

길게 심호흡을 한 후 강동원은 포심 패스트볼과 똑같은 투구 폼으로 공을 던졌다.

후앗!

강동원의 손가락에서 벗어난 공은 빠른 회전을 하며 이진섭의 몸 쪽으로 날아갔다.

그러자 이진섭이 망설이지 않고 허리를 움직였다. 마치 커브를 기다리기라도 한 것처럼 말이다.

'이번엔 친다. 꼭 치고 만다.'

이진섭이 이를 악물며 공을 지켜봤다.

하지만 생각했던 것보다 공은 훨씬 느리게 날아왔다. 강동원이 앞선 타석 때 보여줬던 커브보다 훨씬 느린 커브를 던진 것이다.

후웅!

이진섭의 방망이가 허무하게 허공을 가른 뒤에야 공은 한문혁의 미트 속에 파묻혔다.

동시에 이진섭의 얼굴이 와락 일그러졌다. 노렸던 커브에 또다시 뒤통수를 맞았으니 기분이 좋을 리 없었다.

"저 새끼……."

이진섭이 죽일 듯 강동원을 노려봤다.

하지만 강동원은 아무렇지도 않게 한문혁에게 공을 돌려받고는 로진백을 툭툭 두드렸다.

"후우……."

손에 묻은 로진 가루를 입으로 불어내며 강동원은 다시 한문혁을 바라봤다.

이번에도 한문혁은 손가락 두 개를 펼쳤다. 거기다가 또 다른 요구사항을 하나 더 추가했다.

사인을 확인한 강동원이 피식 웃으며 고개를 끄덕였다. 그리고 그립을 잡은 뒤 한문혁의 포수 미트를 향해 힘껏 공을 던졌다.

'어디 칠 수 있으면 쳐 봐라!'

강동원의 날카로운 시선이 한문혁의 미트를 향했다. 2구 연속 커브였지만 강동원의 얼굴은 자신만만했다.

그 누구도 자신의 공을 쉽게 때려내지 못할 거라는 강한 자신감에서 나오는 표정이었다.

그런 자신감으로 던진 커브는 고속 회전을 하더니 높은 곳에서 순식간에 뚝 하고 떨어졌다.

'커브!'

구종을 확인한 이진섭이 방망이를 길게 내돌렸다. 커브 궤적에 맞춰 스윙을 조절한 것이다.

하지만 이진섭의 방망이는 또다시 허공을 가르고 말았다.

2구에 대한 잔상 때문인지 낙폭이 줄어든 커브에 적응하지 못한 것이다.

"으윽!"

이진섭이 이를 악물며 고개를 돌렸다. 포수 미트 속에는 새하얀 공이 얌전히 들어가 있었다.

"스트라이크 아웃!"

구심의 외침 소리와 함께 이진섭이 고개를 떨구고 더그아웃 쪽으로 물러났다.

그를 대신해 8번 박하선이 타석에 들어왔다.

'저 새끼, 지금까지 안타 하나도 안 맞았지?'

박하선은 강동원이 현재까지 퍼펙트 경기를 펼치고 있다는 것을 알았다. 그래서 어떻게든 퍼펙트게임을 깨보자는 심정으로 타석에 들어섰다.

하지만 그것은 혼자만의 바람일 뿐이었다.

퍼엉!

강동원의 초구 패스트볼이 스트라이크존에 걸쳐 들어오자 박하선은 마음이 급해졌다. 그래서 강동원이 2구째 던진 밋밋한 슬라이더에 방망이가 나가 버렸다.

딱!

방망이 끝에 걸린 타구가 유격수 정면으로 굴렀다. 그 공을 유격수 조상우가 받아 가볍게 1루에 송구했다.

"아웃!"

투 아웃까지 잡아낸 강동원이 가볍게 숨을 골랐다. 이제 9번 타자 박준섭만 잡으면 6회도 삼자범퇴로 막아낼 수 있었다.

강동원은 제법 신중하게 사인을 받았다. 9번 타자라고 해도 방심했다간 안타로 이어질 수 있었다. 그리고 그 안타로 인해 위기가 찾아올지도 몰랐다.

한문혁은 초구에 타자 눈높이로 들어오는 패스트볼을 요구했다. 2구째 커브볼을 던지기에 앞서 약을 치자는 소리였다.

가볍게 고개를 끄덕인 뒤 강동원은 한문혁의 미트를 향해 힘차게 던졌다.

후웅!

공은 한문혁의 요구대로 박준섭의 얼굴 옆쪽으로 곧게 뻗어 날아갔다. 그러자 박준섭이 반사적으로 방망이를 돌렸다.

따악!

방망이의 윗부분에 걸린 타구가 마운드 쪽으로 높게 치솟았다. 그러자 강동원이 하늘을 향해 손가락을 들어 올렸다.

"문혁아, 네가 잡아!"

한문혁이 서둘러 마스크를 벗어 던졌다. 그리고 경사가 있는 마운드 위로 빠르게 다가와 안정적인 자세로 공을 받아냈다.

"아웃!"

한문혁의 포구를 확인한 구심이 세 번째 아웃 카운트를 선언했다. 그렇게 6회 말 덕선 고등학교의 공격도 삼자범퇴로 끝이 나버렸다.

투구를 마친 강동원이 터벅터벅 마운드를 내려갔다. 그러자 내야수들이 뒤쫓아 오며 한마디씩 했다.

"나이스 볼!"

"잘했다, 문디 자슥!"

"우리 동원이, 살아 있네~"

강동원은 동료들과 일일이 글러브를 부딪쳤다. 그리고 천천히 더그아웃으로 들어온 후 벤치에 앉았다.

후배가 가져다준 수건으로 흐르는 땀을 닦아내자 마운드에 오른 강동열이 눈에 들어왔다.

"와, 동열이 점마! 공 뿌리는 거 봐라. 쭉쭉 나가네."

한문혁이 강동원의 옆자리에 걸터앉았다. 가슴 보호대만 벗고, 다리 보호대는 찬 상태였다.

"동열이 공 좋은 게 하루 이틀이냐."

강동원은 아무렇지 않은 듯 재차 수건으로 땀을 닦았다. 인정하고 싶진 않지만 포심 패스트볼은 자신보다 강동열이 더 나아 보였다.

그런 강동원을 힐끔 바라보던 한문혁이 조심스럽게 입을 열었다.

"저기, 동원아이……."

"응."

"있잖아……."

한문혁이 말은 하지 않고 뜸을 들이자 강동원이 미간을 찌푸렸다.

"뭐, 인마. 불렀으면 말을 해."

"아니, 그게 아이고. 니 지금…… 아이다. 됐다!"

한문혁이 손을 저으며 말을 하지 않았다. 그 모습에 짜증이 난 강동원이 인상을 찡그렸다.

"뭐! 뭔데?"

강동원이 무서운 눈초리로 바라보자 한문혁이 좌우로 눈을 굴리더니 그럴 듯한 변명을 꺼냈다.

"새끼, 겁나 무섭게 째려보네. 다른 게 아이고. 너 아까 내가 요고 폈다고 감정 실어서 던졌제?"

한문혁이 강동원의 얼굴에 중지를 펴 보였다. 그러자 강동원이 기다렸다는 듯이 한문혁의 중지를 움켜쥐었다.

"그래, 새꺄! 걸핏하면 그거 펴더라. 한 번만 더 해봐라. 아예 못 쓰게 만들어버릴 테니까."

"으으. 아프다, 인마야."

강동원이 으름장에 한문혁이 평소답지 않게 설설 기었다. 그래서인지 강동원도 피식 웃고는 마운드로 고개를 돌렸다.

'새끼, 지가 퍼펙트하고 있다는 사실을 진짜 모르나 보네. 이 문디 자슥아, 잘 봐라. 다들 니 눈치만 살살 살피고 있는 거 안 보이나.'

한문혁이 둔해도 너무 둔하다며 고개를 흔들었다. 그때 강동원이 글러브를 챙기며 자리에서 일어났다.

"와?"

"왜긴 뭐가 왜야. 끝났어."

"뭐? 벌써 끝났다꼬?"

한문혁이 깜짝 놀라 운동장을 보았다. 정말로 강동열이 마운드에서 내려가며 공수 교대가 시작되고 있었다.

잠깐 강동원과 노닥거리는 사이에 강동열도 해명 고등학교 7-8-9번 타자들을 깔끔하게 삼자범퇴로 돌려세우고 이닝을 끝마친 것이다.

"빨리 장비 착용해."

"하아, 젠장할."

한문혁이 부랴부랴 장비를 착용했다. 그 모습을 보며 강동원이 고개를 절레절레 흔들어 댔다.

강동열이 2이닝을 잘 막아주고 있었지만 덕선 고등학교의 더그아웃은 침울하기만 했다.

6회까지 강동원을 상대로 안타 하나 때려내지 못했다. 안타는커녕 루상에 나간 주자가 한 명도 없었다.

"니들 똑바로 안 할래? 퍼펙트야! 퍼펙트! 결승전까지 올라와서 퍼펙트로 깨지고 싶어? 다들 정신 바짝 차려! 이번 이닝에서 뭐든 만들어야 한다고. 알았어?"

다급해진 타격 코치 한승국이 선수들을 불러 모아놓고 닦달했다.

'젠장.'

'우리도 치고 싶다고요.'

선수들은 입을 굳게 다문 채 고개만 숙였다. 자기들도 뜻대로 일이 풀리지 않자 답답하기 마찬가지였다.

하지만 컨디션이 좋은 강동원을 상대로 안타를 때려낸다는 게 생각만큼 쉽지가 않았다.

7장
노히트노런(2)

"인구야."

"네, 코치님."

"너, 무슨 짓을 해서든 나가라. 반드시 살아서 나가야 해. 알았어?"

"아, 네!"

선수들의 대답이 성에 차지 않았던지 한승국 코치가 타석에 들어서려는 1번 타자 이인구를 붙잡고 말했다. 덕분에 이인구의 부담은 몇 배로 커져 버렸다.

"후우……."

길게 한숨을 내쉬며 타석에 들어선 이인구는 홈 플레이트 쪽으로 바짝 다가섰다. 그러고는 방망이를 짧게 움켜쥐었다.

"인마 보게?'

그 모습을 힐끔 바라본 한문혁이 미트를 이인구의 몸 쪽으로 밀어 붙였다. 그렇게 하면 이인구가 깜짝 놀라 뒷걸음질을 칠 거라 여겼다.

강동원도 와인드업을 하며 한문혁의 미트를 향해 힘껏 공을 내던졌다. 그 공이 순식간에 허공을 가로질러 이인구의 무릎 앞쪽을 스쳐 지났다.

하지만 이인구는 공을 피하지 않았다. 무릎을 조금만 구부렸더라도 공에 맞을 정도였는데 이인구는 제자리에서 꼼짝을 하지 않았다.

'몸에 맞아서라도 나가고 싶다 이거지. 내가 그렇게 둘 것 같아?'

한문혁은 곧바로 녀석의 의도를 파악했다. 그러고는 곧장 바깥쪽 공을 요구했다.

구종은 또다시 포심 패스트볼.

강동원은 이번에도 고개를 끄덕인 후 공을 던졌다. 그런데.

후앗!

강동원의 공이 바깥쪽으로 날아들자 이인구가 기다렸다는 듯이 번트 자세를 취했다.

그 모습을 확인한 강동원과 3루수 김재신이 동시에 홈 플레이트 쪽으로 달려들었다.

하지만 이인구는 눈 하나 깜짝하지 않고 3루 라인 쪽으로 정확하게 번트 타구를 굴렸다.

"재신아! 서둘러라!"

마스크를 벗어 던진 한문혁이 다급히 소리쳤다. 대시가 좀 늦긴 했지만 김재신이 제대로 포구만 한다면 1루로 내달리는 이인구를 잡아낼 수 있을 것 같았다.

그런데 김재신이 욕심을 부려 맨손으로 공을 잡으면서 상황이 꼬였다. 제대로 그립을 쥐지 못하고 다급히 내던진 공이 악송구가 되어 1루수 주기하의 옆으로 빠져 버린 것이다.

그사이 이인구가 1루 베이스를 밟았다.

"우오오오오!"

1루에 살아 나간 이인구가 포효했다.

"그렇지!"

"좋아! 나이스 플레이!"

덕선 고등학교 더그아웃에서도 오랜만에 환호성이 들렸다.

"동원아, 미안하다. 내가 받았어야 했는데……."

주기하가 공을 가지고 마운드 근처까지 다가와 사과했다. 다행히 실책으로 기록되긴 했지만 이인구가 출루하면서 강동원의 퍼펙트게임은 깨져 버리고 말았다.

"동원아, 진짜 미안하데이."

김재신도 어쩔 줄을 몰라 했다.

하지만 정작 강동원은 신경 쓰지 말라며 가볍게 웃어 보였다.

그사이 한문혁이 서둘러 마운드로 올라왔다.

"니 진짜 괘안나?"

"뭐 이 정도 가지고."

"니…… 퍼펙트 깨진 줄은 아나?"

"뭐? 퍼펙트? 내가 퍼펙트를 하고 있었어?"

"문디 자슥, 니 그랄 줄 알았다."

한문혁이 헛웃음을 흘렸다. 그러자 강동원이 반사적으로 고개를 돌려 전광판을 바라봤다.

피안타 0개.

사사구 0개.

실점 0점.

에러 1개.

조금 전 에러만 없었다면 퍼펙트 경기였다.

"아, 내가 퍼펙트 경기를 하고 있었구나."

강동원은 그제야 자신이 단 한 명의 주자도 내보내지 않았다는 사실을 깨달았다.

결승전 출전에 들뜬 나머지 미처 그것까지는 인지하지 못한 것이다.

"문디 자슥! 그것도 몰랐나. 6회까지 퍼펙트였다고. 퍼펙트! 그런데…….."

한문혁의 날선 시선이 김재신에게 향했다. 그러자 움찔 놀란 김재신이 냉큼 시선을 피해 버렸다.

"됐어! 적당히 해. 어차피 나도 몰랐던 건데 뭘."

"그렇다고 이제 와서 흔들리믄 안 댄다. 알았제? 퍼펙트는 깨졌지만 아직 노히트노런이 남았다 아이가. 그거 하믄 되지."

한문혁이 강동원의 어깨를 힘껏 두드렸다. 그러자 내야수들도 글러브를 두드리며 강동원을 독려했다.

"알았으니까 얼른 돌아가. 심판이 눈치 준다."

강동원이 피식 웃으며 한문혁을 돌려보냈다. 그리고 생각을 정리할 겸 로진백을 주물렀다.

'허, 내가 퍼펙트 중이었다니. 그런데 왜 몰랐지? 작년에는 그렇게 떨렸는데…….'

강동원은 작년 청룡기 준결승전에서 이미 한 차례 퍼펙트 게임을 달성한 경험이 있었다.

그때는 6회 부터 엄청 떨었다. 혹시라도 주자를 내보낼까 봐 마운드 위에서 엄청 뜸을 들이기도 했다.

그런데 이번에는 달랐다. 마운드 위에서 공을 던진다는 사실에 취해서 기록 같은 건 신경조차 쓰지 않고 있었다.

비록 실책으로 퍼펙트게임이 무산되긴 했지만 강동원은 피식 웃고 말았다.

퍼펙트게임을 놓치면 또 어떤가. 이렇게 마운드에 서서 공을 던질 수가 있는데 말이다.

게다가 한문혁의 말처럼 아직 노히트노런도 남았다.

"자자! 우선 한 명 잡자."

포수석으로 돌아간 한문혁이 또다시 포심 패스트볼 사인을 냈다.

강동원은 가볍게 고개를 끄덕였다. 1루에 나간 이인구가 신경 쓰였지만 애써 무시하고 타자와의 승부에 집중했다.

덕분에 2번 타자 조창식을 3구 삼진으로 돌려세울 수 있었다. 투 스트라이크 상황에서 과감하게 던진 커브가 구심의 스트라이크 콜을 이끌어 냈다.

그렇게 첫 번째 아웃 카운트 램프에 불이 들어왔다.

1사 주자 1루.

타석으로 앞선 타석에서 큼지막한 파울 홈런을 때려낸 3번 타자 한현민이 들어왔다.

'어떻게든 이 기회를 살려야 해.'

한문혁은 입술을 질근 깨물었다. 팀의 중심 타자로서 강동원의 공을 때려내 보란 듯이 이인구를 홈으로 불러들이고 싶었다.

하지만 한 점이 급한 덕선 고등학교 벤치에서는 번트 사인이 나왔다.

'젠장, 내가 번트라니.'

사인을 확인한 한현민이 마지못해 고개를 끄덕였다. 그러고는 번트를 댈 것처럼 자세를 낮췄다.

그 모습을 확인한 한문혁이 재빨리 수신호를 보냈다.

'우짤까?'

'뭘 어떻게 해? 번트를 대고 싶다면 대줘야지.'

'그래? 알았다.'

잠시 고심하던 한문혁이 높은 쪽 패스트볼을 원했다. 너무 어려운 공을 요구할 경우 번트에 익숙지 않은 한현민이 방망이를 빼 버릴 가능성이 높았다.

강동원은 가볍게 고개를 끄덕였다. 그리고 눈으로 1루 주자 이인구를 견제한 뒤에 재빨리 투구판을 박차고 나갔다.

후앗!

강동원의 손끝을 빠져나간 공이 한현민의 가슴 높이 쪽으로 날아들었다.

'좋아!'

공이 계속해서 눈에 들어오자 한현민도 망설이지 않고 방망이를 가져다댔다. 그런데.

따악!

구위를 줄이지 못하면서 타구가 하필 투수 정면으로 굴러가 버렸다.

"내가 처리할게!"

타구를 확인한 강동원이 재빨리 앞쪽으로 달려 나와 공을 잡았다. 그러자 한문혁이 2루 쪽을 가리키며 소리쳤다.

"2루로! 빨리!"

강동원은 망설이지 않고 2루로 공을 돌렸다.

퍼엉!

강동원의 송구가 이인구보다 먼저 2루 베이스에 도착했다.

2루수 한상준이 다시 1루로 공을 던지면서 세 번째 아웃카운트를 잡아냈다.

더블플레이.

분위기 반전을 기대했던 덕선 고등학교 더그아웃이 싸늘하게 식어버렸다.

"좋았어!"

7회 말 수비도 무실점으로 틀어막은 강동원은 당당하게 더그아웃으로 향했다. 그리고 잠시 후, 강동열이 마운드에 올라왔다.

―강동원 선수, 비록 퍼펙트게임은 실패했지만 침착하게

덕선 고등학교의 공격을 막아냈는데요.

－사촌 동생인 강동열 선수의 호투에 어느 정도 자극을 받은 모양입니다.

－이제 양 팀 모두 두 번의 공격 기회만 남은 상태입니다. 경기 후반, 어떻게 보십니까?

－이번 8회가 승부처라고 봅니다. 해명 고등학교는 1번 타자부터 시작되는 타순이니 얼마든지 점수를 만들어낼 수 있습니다. 그리고 덕선 고등학교는 4번 타자부터 시작하죠. 4, 5, 6번 모두 장타력을 갖춘 만큼 큰 것 한 방으로 동점을 만들어낼 수 있습니다.

중계진의 말처럼 이번 해명 고등학교의 공격은 경기 흐름상 중요했다. 그리고 그 사실을 마운드에 오른 강동열도 충분히 인지하고 있었다.

'선두 타자는 절대 내보내지 않겠어.'

강동열은 1번 타자 최영기를 상대로 빠르게 승부를 걸려고 했다.

하지만 포수 박하선의 생각은 달랐다.

분위기가 해명 고등학교 쪽으로 넘어간 이상 신중하게 상대할 필요가 있다고 판단했다.

'유인구로 승부하자.'

잠시 눈매를 굳혔던 강동열은 박하선의 요구대로 공을 던졌다.

초구 바깥쪽으로 빠지는 볼이었다.

두 번째 몸 쪽으로 크게 휘는 슬라이더였다.

최영기는 초구와 2구를 그냥 지켜만 봤다. 덕분에 노 스트라이크 투 볼이라는 유리한 볼카운트가 만들어졌다.

'지금이다!'

최영기는 단단히 방망이를 움켜쥐었다. 자신을 사사구로 내보낼 생각이 아니라면 강동열은 필시 스트라이크 잡으러 들어올 것이다. 이 기회를 최영기는 놓칠 생각이 없었다.

아니나 다를까. 박하선의 사인을 받은 강동열이 몸 쪽 높은 코스의 포심 패스트볼을 던졌다.

타앙—!

최영기가 기다렸다는 듯이 방망이를 휘돌렸다. 순간 쭉 하고 뻗어 나간 타구가 중견수 앞 쪽에서 뚝 하고 떨어졌다.

"후우……."

강동열의 입에서 무거운 한숨이 흘러 나왔다. 그러자 포수 박하선이 제 가슴을 두드리며 미안하다는 사인을 보냈다.

하지만 이번 공이 얻어맞은 건 볼카운트에 몰렸기 때문만은 아니었다.

'구속이 조금 떨어졌어. 하긴 이틀 전 90개 가까이 던지고

지금 이렇게 나왔으니…….'

박하선이 안쓰러운 눈으로 강동열을 바라봤다. 내색하진 않았지만 강동열의 호흡이 조금 가쁘게 느껴졌다.

'일단 더블플레이를 노려보자.'

박하선은 고심 끝에 포심 패스트볼 사인을 보냈다. 구속이 줄어들긴 했지만 강동열의 제구라면 2번 타자 조상우를 땅볼로 유도할 수 있다고 여겼다.

대신 몸 쪽 승부는 피했다. 혹여라도 공이 한복판으로 몰렸다간 장타를 허용하게 될 수 있었다.

강동열은 박하선의 리드대로 초구에 바깥쪽 꽉 찬 포심 패스트볼을 던져 스트라이크를 잡아냈다. 앞선 이닝보다 공이 조금 높게 제구됐지만 다행히 구심은 오른팔을 들어 올렸다.

잠시 숨을 고른 뒤 강동열은 2구째도 바깥쪽 포심 패스트볼을 던졌다.

이번에는 초구보다 공 하나 정도가 더 빠져나가는 공이었다.

하지만 조상우는 초구와 같은 공이라고 여기고 방망이를 휘둘렀다.

따악!

둔탁한 소리와 함께 타구가 1루 관중석 쪽으로 날아갔다. 그러자 조상우의 입가로 묘한 웃음이 번졌다.

'완전히 먹힐 줄 알았는데 타이밍이 얼추 맞는데?'

강동열이 3구째 던진 바깥쪽 높은 커브를 걸러낸 뒤 조상우가 포심 패스트볼을 겨냥했다. 그것을 느낀 강동열이 박하선의 사인에 처음으로 고개를 가로저었다.

'이번에 잡죠. 슬라이더 던지겠습니다.'

'괜찮겠어?'

'괜찮습니다.'

박하선은 잠시 고민을 했다. 포심 패스트볼이 눈에 익은 상황에서 슬라이더가 조금이라도 밋밋하게 들어온다면 조상우의 방망이에 걸릴 가능성이 높았다.

하지만 그렇다고 계속 어려운 승부만 고집할 수도 없는 노릇이었다.

'좋아, 슬라이더다. 대신 가운데 낮은 쪽으로.'

'넵!'

강동열이 사인을 받고 세트 포지션에 들어갔다. 그는 1루에 있는 최영기를 견제한 후 재빠르게 공을 던졌다.

후아앗!

공이 빠르게 날아오다가 홈 플레이트 코앞에서 날카롭게 고꾸라졌다. 그런데 무브먼트가 앞선 이닝만 못하게 느껴졌다.

조상우는 그 공을 놓치지 않고 그대로 밀어쳤다.

타악!

총알처럼 뻗어 나간 타구가 우익수 앞에서 떨어졌다. 그 사이 발 빠른 주자 최영기는 2루를 밟고 그대로 3루로 내달렸다.

"3루!"

"빨리!"

최영기의 움직임을 확인한 덕선 고등학교 수비진도 군더더기 없는 중계 플레이를 선보였다.

하지만 헤드 퍼스트 슬라이딩을 한 최영기의 오른손이 공보다 먼저 3루 베이스에 도착했다.

"세이프!"

눈을 부릅뜨고 상황을 지켜 본 3루심이 양팔을 벌렸다. 중계된 공이 조금 높게 오는 바람에 태그가 늦어버린 것이다.

"젠장할!"

3루수 김인환이 아쉬움을 감추지 못했다. 반면 최영기는 박수를 치며 환호했다.

"영기야아아!"

"이 문디 자스윽!"

해명 고등학교의 더그아웃은 난리가 났다. 최영기가 빠른 발로 3루까지 살아 나가면서 추가점을 올릴 절호의 기회가 만들어진 것이다.

"동원아, 봤제. 여기서 1점내면 그냥 끝난 기라. 안 그렇나?"

한문혁이 제가 안타라도 친 것처럼 호들갑을 떨었다. 강동원이 마운드 위에서 호투를 하고 있으니 이 기회만 살린다면 우승은 문제없다고 여겼다.

하지만 강동원은 마냥 웃을 수가 없었다.

아무리 상대편이라고 해도 강동열은 사촌이었다. 그가 안타를 맞고 힘에 부쳐 하는 모습을 보니 안쓰러웠다. 과거 고등학교 3학년 때의 자신을 보는 듯했다.

'하긴 나도 저때가 있었는데…….'

강동원은 입안이 썼다. 에이스로서 모든 짐을 홀로 감당해야 할 강동열의 심정이 누구보다 이해가 됐다.

하지만 적으로 만난 상황에서 섣불리 독려를 해줄 수는 없는 노릇이었다. 그리고 명색이 에이스라면 지금의 고비는 스스로 이겨내야 했다.

때마침 투수 코치 고인문이 타임을 부르며 마운드로 올라갔다.

"동열아, 힘드나?"

"아뇨, 괜찮습니다."

"하선이 니가 보기에는 어때?"

"초반보다 구속은 조금 떨어졌습니다. 그래도 괜찮을 것 같습니다.”

“알았다. 한 점까진 줘도 괜찮으니까 편히 던져라. 물론 무실점으로 막으면 더 좋고. 알았지?”

“넵!”

언제나처럼 씩씩한 강동열의 어깨를 두드린 뒤 고인문 코치가 서둘러 마운드를 내려갔다. 그사이 박하선이 강동열의 어깨를 감싸고 나직한 목소리로 말했다.

“힘이 조금 떨어진 것 같던데. 진짜 괜찮냐?”

“네, 괜찮아요.”

“방금 공은 실투였지?”

“너무 욕심을 부린다는 게 공을 제대로 채지 못했습니다.”

“그래, 알았다. 너 슬라이더 좋은 건 누구보다 내가 잘 알고 있지만 오늘은 좀 아끼자.”

“네.”

“패스트볼 위주로 가자. 체인지업 하고 커브 섞어 던져도 충분히 맞춰 잡을 수 있어.”

“알겠습니다, 선배님.”

박하선이 강동열을 독려한 뒤 포수석으로 돌아갔다. 그 모습을 묵묵히 바라보던 강동열이 소매로 흐르는 땀을 훔쳤다.

“후우⋯⋯.”

솔직히 힘들긴 힘들었다.

하지만 팀의 우승이 걸려 있는 결승전 무대를 다른 투수에게 양보하고 싶진 않았다. 특히나 상대 투수가 강동원이라면 말이다.

"정신 차리자, 강동열."

가볍게 고개를 흔든 뒤 강동열이 홈 플레이트 쪽을 바라봤다. 타석에는 3번 타자 곽영철이 타격 준비를 하고 있었다.

"영철아! 하나 쌔리라!"

"힘내라! 마!"

무사 1, 3루의 기회가 3번 타자 곽영철에게 걸리자 응원단이 흥분을 감추지 못했다.

타석에 들어선 곽영철도 이를 악물었다. 안타를 때려낸다면 더없이 좋겠지만 최소한 희생플라이라도 치겠다고 각오했다.

'강동열이 쫌마도 흔들리는 거 같으니까 스트라이크로 들어오는 공만 노리자.'

곽영철은 강동열─박하선 배터리가 유인구 승부를 걸어올 것이라고 여겼다. 그런데 초구부터 포심 패스트볼이 바깥쪽으로 걸쳐서 들어왔다.

곽영철은 그 공을 놓치지 않고 밀어쳤다.

따악!

방망이 끝에 걸린 타구가 좌익수 쪽으로 천천히 뻗어 나갔다.

좌익수 한현민이 타구를 쫓아 앞쪽으로 달려 나왔다. 그런데 타구가 갑자기 바람을 탔다. 덕분에 한현민도 우측으로 몇 걸음 움직였다가 다시 뒷걸음질을 쳐야 했다.

그렇게 파울라인 근처에서 공을 잡아낸 한현민이 홈을 향해 있는 힘껏 공을 던졌다.

하지만 미리 태그 업 플레이를 준비하고 있었던 최영기는 송구보다 먼저 홈 플레이트를 밟았다.

한현민의 송구가 비교적 정확하긴 했지만 해명 고등학교 최고의 주력을 자랑하는 최영기의 발을 잡아내진 못했다.

-최영기가 홈을 밟습니다. 점수는 2 대 0. 해명 고등학교가 두 점 차로 리드를 벌립니다.

-이 점수, 큰데요?

-네, 곽영철 선수가 중심 타자로서 중요한 순간에 한 방을 때려내 준 것 같습니다.

-먹힌 타구였지만 끝까지 팔로우 스윙을 한 게 좋았습니다. 바람의 덕도 조금 봤고요.

-덕선 고등학교 에이스 강동열 선수. 오늘 경기 첫 실점인데요. 어깨가 무거울 것 같습니다.

강동열은 애써 무표정한 얼굴로 로진백을 주물렀다. 하지만 눈시울이 자꾸 시큰거렸다. 언제나처럼 평정심을 유지하려고 했지만 솔직히 아쉬운 건 어쩔 수가 없었다.

그런 강동열을 지켜보는 최인창 감독도 답답하긴 마찬가지였다.

6회만 하더라도 강동열의 포심 패스트볼의 구속은 152㎞/h까지 나왔다. 좋을 때의 최고 구속인 155㎞/h에 비할 바 아니지만 이틀 만에 올라온 것치고는 공이 좋았다.

그런데 지금은 포심 패스트볼 구속이 147㎞/h까지 떨어진 상태였다. 게다가 낮게 깔려 들어가는 맛도 없었다.

구속을 억지로 유지하려다 보니 어깨에 힘이 들어가면서 공도 계속 높게 들어갔다.

그야말로 악순환의 연속이었다. 하지만 최인창 감독은 다른 투수를 마운드에 올릴 생각이 없었다.

누가 뭐래도 강동열은 에이스였다. 그리고 오늘 경기의 시련이 강동열을 더 강한 투수로 만들어줄 것이라 굳게 믿었다.

강동열도 여기서 마운드를 내려갈 생각이 없었다. 봉황기 마지막 결승전인 만큼 할 수 있는 한 끝까지 던지고 싶었다.

"할 수 있다. 강동열. 할 수 있어."

길게 숨을 고르며 강동열이 단단히 투구판을 밟았다.

1사 주자 1루 상황에서 4번 타자 김재신이 타석에 들어왔다.

'구속만 어느 정도 나왔다면 땅볼을 유도해 보는 건데……'

박하선은 아쉽다는 표정을 지었다. 앞선 타석 때 김재신은 강동열의 공에 재대로 대처하지 못했다. 타이밍 자체가 맞지 않는 듯한 느낌마저 받았다.

하지만 고작 한 타순이 돈 사이에 강동열의 구위는 떨어져 있었다. 이제 와 섣불리 승부를 걸기에는 4번 타자라는 타이틀이 부담스러웠다.

'맞춰 잡자.'

박하선은 이번에도 철저하게 바깥쪽 공을 요구했다. 그리고 강동열도 자존심을 버리고 박하선의 리드대로 공을 던졌다.

초구는 바깥쪽으로 흘러 나가는 포심 패스트볼(볼).

2구는 바깥쪽에 걸쳐 들어오는 포심 패스트볼(스트라이크).

3구는 다시 바깥쪽으로 흘러 나가는 포심 패스트볼(파울).

볼카운트 투 스트라이크 원 볼 상황에서 강동원은 이를 악물고 바깥쪽 높은 포심 패스트볼을 던졌다. 그리고 김재신은 그 공을 걸러내지 못했다.

따악!

생각 이상으로 높게 치솟았던 타구는 중견수 글러브에 잡히고 말았다.

5번 타자 주기하는 유격수 땅볼로 물러났다.

원 스트라이크 원 볼 상황에서 기습적으로 던진 슬라이더에 타이밍을 놓쳐 버린 것이다.

그렇게 해명 고등학교의 8회 초 공격이 끝이 났다. 그리고 강동열을 대신해 강동원이 마운드에 올라왔다.

곽영철의 희생플라이로 두 점 차 리드가 되긴 했지만 강동원은 긴장을 풀지 않았다.

8회 말 덕선 고등학교의 공격은 4-5-6번 중심 타자로 이어졌다. 여기서 까딱 잘못했다간 순식간에 경기가 뒤집힐 수 있었다.

'단디 해라!'

한문혁도 미트를 두드리며 강동원을 독려했다. 노히트노런까지 남은 아웃 카운트는 여섯 개.

중심 타선이 걸리는 이번 이닝만 잘 막아낸다면 대기록 작성도 불가능하진 않을 것 같았다.

하지만 덕선 고등학교도 이대로 강동원의 대기록에 희생양이 되고 싶진 않았다.

4번 타자 최태식은 풀카운트까지 승부를 끌고 가며 강동원을 괴롭혔다. 투 스트라이크 쓰리 볼 이후에도 두 개의 파울 타구를 때려내며 버텼다.

그러나 강동원이 결정구로 내던진 커브를 제대로 걷어내지 못하며 1루수 파울플라이로 물러나고 말았다.

5번 타자 김인환과의 승부도 쉽지 않았다. 김인환의 노림수를 피하기 위해 초구와 2구, 유인구를 던진 게 투 볼이 되면서 풀카운트 싸움으로 이어졌다.

게다가 강동원의 구위도 경기 초반과는 달랐다. 포심 패스트볼의 구속도 3㎞/h 정도 줄어들고 커브의 무브먼트도 밋밋해지면서 헛스윙이 되어야 할 공들이 자꾸 커트가 되고 있었다.

'점마, 쪼매 지친 모양인데. 한번 올라가 시간을 좀 벌까?'

한문혁이 잠시 엉덩이를 들썩거렸다. 하지만 올라오지 말라는 강동원의 수신호를 확인하고는 이내 자리에 주저앉았다.

투 스트라이크 쓰리 볼.

5구째 던진 커브가 볼이 됐으니 또다시 커브를 요구하기란 부담스러운 상황이었다. 그래서 김인환도 내심 포심 패스트볼이나 체인지업을 노리고 있었다.

하지만 한문혁은 그런 김인환의 노림수를 역으로 파고들었다.

커브.

그것도 느리고 낙폭이 큰 강동원표 커브.

'짜식.'

사인을 확인한 강동원이 피식 웃었다. 그리고 크게 심호흡을 한 후 한문혁의 미트를 향해 공을 힘차게 내던졌다.

후앗!

회전이 걸린 공이 머리 위쪽으로 날아들더니 마지막 순간에 뚝 하며 홈 플레이트를 파고들었다. 그러자 김인환이 반사적으로 방망이를 내밀었다.

하지만 이번 커브는 앞서 들어온 커브보다 낙폭이 컸다.

'볼이다!'

김인환이 다급히 방망이를 멈춰 세웠다. 아니, 멈춰 세우려 했다. 그러나 가속이 붙은 방망이는 그대로 홈 플레이트 위를 스쳐 지나 버렸다.

그사이 한문혁이 양쪽 무릎을 꿇으며 바운드된 공을 포구했다. 그리고 재빨리 김인환을 태그했다.

"아웃!"

구심의 사인과 함께 두 번째 아웃 카운트가 올라갔다.

"후우……."

강동원은 길게 숨을 골랐다.

8회 말에만 두 타자를 상대하며 14개나 되는 공을 던졌다. 그래서 마지막 아웃 카운트만큼은 제발 쉽게 잡아내고 싶었다.

다행히도 6번 타자 주찬양이 강동원을 도와주었다.

원 스트라이크 원 볼 상황에서 강동원이 미끼로 내던진 슬라이더를 건드려 좌익수 플라이로 물러난 것이다.

힘겹게 8회 말을 마친 강동원이 마운드를 내려오며 가볍게 어깨를 돌렸다. 그러자 한문혁이 냉큼 다가와 물었다.

"와, 좀 이상하나?"

"아니, 약간 뻐근해서."

"설마 지난번처럼 아픈 거 아이가?"

"그 정도는 아니야. 그리고 이제 한 이닝 남았잖아. 마지막까지 던져야지."

"그래도 힘들면 무리하지 마라. 노히트노런이 아깝긴 하지만…… 내는 괜찮다. 진짜다."

한문혁이 강동원의 엉덩이를 툭 하고 때렸다. 그런 한문혁을 바라보며 강동원이 피식 웃음을 흘렸다.

"짜식……."

퍼펙트게임이나 노히트노런 같은 대기록은 투수만의 기록이 아니다. 투수의 공을 받아준 포수와 함께 만드는 기록이었다.

지난해 강동원이 퍼펙트게임을 달성했을 때 포수석에는 3학년 고창기가 앉아 있었다.

강동원과 한문혁의 호흡이 좋다곤 하지만 청룡기 준결승전에 3학년 주전 포수를 벤치에 앉힐 수는 없는 노릇이었다.

그래서 한문혁은 이번 기회에 강동원과 함께 대기록을 만들어보고 싶었다.

그럼으로써 강동원의 전담 포수는 자신이라는 걸 모두에게 똑똑히 알려주고 싶었다.

강동원도 노히트노런을 앞두고 경기를 포기할 생각은 없었다.

"좋아. 끝까지 가보자."

강동원이 질근 입술을 깨물었다. 그리고 봉황기의 마지막을 장식할 9회가 시작됐다.

덕선 고등학교 마운드에는 강동열이 올라왔다. 구속이 떨어지긴 했지만 한문혁으로부터 시작되는 6-7-8번 하위 타선이라 어렵지 않게 삼자범퇴로 돌려세웠다.

덕분에 9회 말은 빨리 찾아왔다.

강동원은 자신의 글러브를 들고 마운드로 향하려 했다. 그때 박영태 감독이 슬쩍 다가와 말했다.

"동원아, 마지막이다. 후회 없이 던지고 내려와라."

"넵!"

강동원이 힘차게 대답하며 걸음을 옮겼다. 하지만 막상 마운드에 오르자 왠지 모를 부담이 가슴을 짓눌렀다.

"후우……."

전광판을 바라보며 강동원은 크게 심호흡을 했다. 덕선 고등학교는 여전히 안타도 사사구도 득점도 없었다.

그러나 강동원은 노히트노런보다 2 대 0으로 앞서고 있다는 사실이 마음에 들었다. 이번 이닝만 막아낸다면 우승이라는 사실이 그의 가슴을 두근거리게 만들었다.

"해명!"

강동원이 마운드에 서서 크게 소리쳤다. 그러자 긴장하고 있던 내야수들이 반사적으로 대답했다.

"아자! 아자! 아자!"

다소 유치한 구호에 관중석에서 웃음이 터져 나왔다. 하지만 해명 고등학교 선수들은 더 없이 진지한 얼굴로 경기에 임했다.

강동원도 선두 타자로 들어선 7번 타자 이진섭을 상대했다.

초구는 거의 한가운데로 들어가는 패스트볼이었다. 의욕이 넘친 나머지 실투가 됐지만 당황한 이진섭이 미처 방망이를 내밀지 못했다.

"젠장할!"

이진섭이 뒤늦게 욕지거리를 내뱉었다.

조금만 더 침착했더라면 강동원의 노히트노런까지 깨뜨릴

수 있었는데.

절호의 기회를 놓친 것 같아 아쉽기만 했다.

그런 이진섭을 힐끔 바라본 한문혁이 또다시 한복판 쪽으로 미트를 들어 올렸다.

구종은 포심 패스트볼.

코스는 초구보다 조금 높게.

마치 초구가 실투가 아니었던 것처럼 이진섭을 압박하자는 이야기였다.

강동원은 군말 없이 한문혁의 요구대로 공을 던졌다. 이진섭이 이를 악물고 방망이를 휘둘렀지만 공은 방망이보다 먼저 홈 플레이트 위를 스쳐 지났다.

투 스트라이크 상황에서 강동원은 바깥쪽 슬라이더를 던졌다.

따악!

엉겁결에 내민 이진섭의 방망이 끝에 공이 걸렸다. 그 타구가 1루수 주기하의 정면으로 굴러갔다.

주기하가 포구와 동시에 1루 베이스를 밟으며 원 아웃.

다음으로 8번 타자 포수 박하선이 타석에 들어왔다.

'몸에 맞아서라도 나간다.'

박하선은 홈 플레이트 쪽에 바짝 붙어 서서 몸을 웅크렸다. 강동원이 몸 쪽으로 커브를 던진다면 피하는 척하며 맞고 나갈 생각이었다.

　그러나 한문혁은 박하선의 노림수에 맞춰줄 생각이 전혀 없었다.

　초구는 바깥쪽 꽉 차게 들어오는 포심 패스트볼(스트라이크).

　2구는 바깥쪽으로 흘러 나가는 슬라이더(볼).

　3구는 바깥쪽에서 뚝 떨어지는 체인지업(헛스윙).

　4구는 바깥쪽 높게 들어온 커브(볼).

　4구 연속 바깥쪽으로 공이 들어오자 박하선은 몸 쪽 코스를 버렸다. 어차피 홈 플레이트에 붙어 서서 몸 쪽으로 들어올 공간이 없었다.

　강동원도 이 와중에 무리해서 몸 쪽으로 승부를 걸지는 않을 것이라고 판단했다.

　하지만 한문혁의 5구째 사인은 몸 쪽이었다.

　구종은 포심 패스트볼.

　공이 조금 몰리더라도 강동원의 구위라면 박하선쯤은 충분히 이겨낼 거라 여겼다.

　그런 한문혁의 예상은 정확했다.

　따악!

　거의 한복판으로 들어오는 공에 박하선이 반사적으로 방망이를 내밀어 봤지만 높이 솟은 타구는 내야를 벗어나지 못했다.

"마이 볼!"

2루수 한상준이 크게 손을 휘저었다. 박하선이 방망이를 던지며 1루로 뛰어갔지만 타구는 한상준의 글러브를 벗어나지 못했다.

이로써 투 아웃.

해명 고등학교의 봉황기 우승과 강동원의 노히트노런 달성까지 단 하나의 아웃 카운트만 남게 됐다.

'아따 마. 내가 더 떨리네.'

한문혁이 땀으로 축축해진 사타구니 쪽을 한번 정리했다. 그러고는 애써 심호흡을 한 뒤에 천천히 포수 마스크를 썼다.

"진정하자, 진정해야지."

한문혁은 스스로에게 주문하듯 중얼거렸다. 그리고 마지막 타자를 기다렸다.

덕선 고등학교 최인창 감독이 잠시 대타를 쓸 것처럼 뜸을 들였지만 타석에는 9번 타자 박준섭이 그대로 나왔다.

다른 선수를 내보내더라도 별반 다를 게 없다고 판단한 모양이었다.

덕분에 한문혁도 사인을 내기가 한결 수월해졌다.

'자, 초구는 이거다. 던지라.'

스스로 긴장을 털어내듯 한문혁이 손가락 하나를 펼쳤다.

가운데 손가락.

그것을 본 강동원의 입에서 헛웃음이 터졌다.

'너는 이 와중에 장난을 치고 싶냐?'

만약 9회 말 투 아웃이 아니었다면, 마지막 타자가 아니었다면 강동원도 화가 났을 것이다.

하지만 마지막 타자를 앞두고 자신의 긴장을 풀어주기 위해 한문혁이 장난을 친 거란 사실을 알아서인지 딱히 짜증이 나진 않았다.

'한문혁, 단디 받아라.'

천천히 숨을 고른 뒤 강동원이 와인드업에 들어갔다. 뒤이어 왼발을 쭉 뻗어내며 어깨를 휘돌렸다. 순간.

후앗!

바람 소리와 함께 새하얀 공이 홈 플레이트로 날아들었다.

퍼엉!

묵직한 포구 소리가 경기장을 울렸다.

"스트라이크!"

구심이 기다렸다는 듯이 오른팔을 들어 올렸다.

잠시 후 전광판에 구속이 나왔다.

[154km/h]

151km/h까지 떨어졌던 포심 패스트볼이 1회 수준으로 되살아나 버렸다.

'인마 뭐꼬? 나한테 구라친 기가?'

찌릿해진 손바닥을 털어내며 한문혁이 미간을 찌푸렸다.

구속이 좀 떨어진 것 같아 정신 차리라고 장난을 친 건데 이 정도로 빠른 공이 들어올 줄은 미처 예상하지 못했다.

반면 멀찍이서 강동원의 퍼펙트게임 달성을 기다리던 메이저리그 스카우터들은 감탄을 아끼지 않았다.

"9회 말인데 154km/h?"

"강동원 대단한데? 내가 알던 강동원이 아닌 것 같아."

메이저리그 스카우트들의 리포트에 강동원은 빠른 포심 패스트볼과 수준급 커브를 던지는 투수였다. 하지만 체력이 좋고 투지 넘치는 투수는 아니었다.

여느 투수들처럼 강동원도 80구 정도가 한계 투구 수였다. 50구 전후로 구속이 떨어지며 80구를 넘기면 에이스답지 않은 불안한 모습을 자주 보여주었다.

그런데 지금 마운드 위에서 보여준 공은 지금까지와의 평가와는 전혀 달랐다.

마지막 아웃 카운트를 위해 혼신의 힘을 다하는 역투.

강동원을 괜찮은 불펜 투수나 하위 선발 정도로만 봤던 메이저리그 스카우터들의 생각이 달라지기 시작했다.

그사이 강동원이 2구를 내던졌다.

퍼엉!

순식간에 날아든 공은 한문혁의 미트를 크게 흔들어 놓았다.

[154km/h]

이번에도 전광판에는 154km/h가 찍혔다.

"그러니까 아까 구속이 우연이 아니란 말이지?"

"이 와중에 체력을 아끼고 있었다니. 대단해."

기자들도 연신 감탄을 터뜨렸다. 정확한 사정이야 강동원만 알고 있겠지만 최고 구속에 가까운 포심 패스트볼만으로 마지막 타자를 윽박지르는 모습이 인상적이었다.

'자식, 씨게도 던지네.'

한문혁이 입술을 삐죽거리며 공을 돌려주었다. 그 공을 받은 뒤 강동원은 로진 가루를 두둑이 손에 묻혔다.

잠시 무리한 탓인지 어깨가 다시 시큰거렸다. 하지만 이제 와서 약한 모습을 보이고 싶진 않았다.

쉽지 않을 거라던 아웃 카운트를 두 개나 챙기고 다시 두 개의 스트라이크까지 잡아냈다.

이제 남은 스트라이크는 하나. 그걸 이 마지막 공으로 잡아내고 싶었다.

한문혁도 같은 생각이었는지 바깥쪽으로 미트를 움직였다.

손가락은 하나.

'자, 이번에는 여기다. 그냥 쎄리 박아라.'

지금 강동원의 공이라면 타격 센스 좋은 박준섭도 건드리지 못할 거라고 확신했다.

강동원은 단단히 고개를 끄덕였다. 그리고 와인드업에 이어 힘차게 공을 내던졌다.

후앗!

바람을 가른 공이 곧장 바깥쪽으로 향했다. 그런데 마지막 공이라서일까. 공이 다소 가운데로 몰리듯 들어왔다.

따악!

박준섭이 망설이지 않고 빠르게 방망이를 휘돌렸다.

다행히도 방망이 끝에 걸린 타구는 1루 측 관중석으로 넘어가 버렸다.

"후우……."

잠시 식겁했던 강동원이 가슴을 쓸어내렸다.

한문혁도 자리에서 일어나 생각을 정리했다. 노히트노런에 대한 욕심이 앞선 나머지 3구 연속 포심 패스트볼을 요구한 게 박준섭의 타이밍을 맞춰준 모양이었다.

그렇다면 답은 나왔다.

'좋다, 마. 이 한 구로 끝을 내자.'

뭔가를 결심한 한문혁이 다시 자리에 주저앉았다. 그리고 보란 듯이 한복판으로 미트를 들어 올렸다.

그 모습을 본 강동원이 피식 웃었다. 별도로 사인이 나오지는 않았지만 한문혁의 자세만으로도 어떤 공을 던지라고 하는지 알 것 같았다.

"후우······."

다시금 숨을 고른 뒤 강동원이 마지막 한 구를 던지기 위해 투구판에 발을 올렸다.

글러브를 가슴에 모으고 손가락을 움직여 커브 그립을 잡았다. 그리고 오늘 경기를 끝내겠다는 각오로 한문혁의 미트를 향해 힘차게 공을 내던졌다.

후앗!

강동원의 손에서 빠져나간 공이 박준섭의 머리 위쪽으로 치솟았다. 그러더니 홈 플레이트를 앞두고 급격히 떨어져 내리기 시작했다.

'놓치면 안 돼! 때려내야 해!'

공이 한복판으로 들어오고 있다는 사실을 알아챈 박준섭이 뒤늦게 방망이를 움직였다.

공을 제대로 맞추는 건 일찌감치 포기했다. 그저 어떻게든 걷어내서 다시 한번 기회를 잡아보려 했다.

하지만 그런 어정쩡한 자세로는 강동원의 전매특허인 낙차 큰 커브를 건드리는 것조차 쉽지 않았다.

후웅!

빠르게 내돌린 방망이가 허공을 스쳐 지났다. 그사이 바닥으로 떨어진 공을 한문혁이 온몸으로 받아냈다.

미트에 공이 틀어박힌 걸 확인한 한문혁이 재빨리 박준섭을 태그했다. 그와 동시에 구심이 요란하게 소리쳤다.

"스트라이크, 아웃!"

경기가 끝나기가 무섭게 사방에서 함성이 터져 나왔다.

"크아아!"

강동원도 두 팔을 들어 올리며 환호했다. 그러자 한문혁이 포수 마스크를 벗어던지고 마운드로 달려가 강동원을 번쩍 안아 들었다.

"동원아아!"

"인마야! 크아아!"

다른 선수들도 마운드로 달려와 강동원과 한문혁을 에워쌌다.

그렇게 한참 동안 우승을 기뻐하던 선수들의 눈에 머쓱하게 서 있는 박영태 감독과 코치들이 들어왔다.

"뭐하노, 감독님 잡아라!"

한문혁이 박영태 감독을 가리키며 소리쳤다. 그와 동시에 날랜 선수들이 박영태 감독에게 달려들었다.

"인마들아! 하지 마라! 하지 마라카이!"

박영태 감독이 마음에도 없는 소리를 내뱉으며 몸을 피했다. 하지만 얼마 가지 않아 선수들에게 붙들려서는 요란스러운 헹가래의 주인공이 됐다.

박영태 감독에 이어 김명철 코치와 권해명 코치도 헹가래를 받았다. 그다음은 노히트노런의 주인공인 강동원의 차례였다.

"동원아아!"

"고맙데이!"

강동원을 높게 던져 올리며 선수들이 저마다 고마움을 전했다. 심지어 전우성마저도 강동원을 바라보며 활짝 웃었다.

강동원도 한껏 입가를 찢어 올렸다.

과거로 돌아올 때까지만 해도 이런 미래가 기다리고 있을 줄은 생각지도 못했다.

그런데 결승전에서 노히트노런까지 달성하고 보니 과거로 돌아오길 정말 잘 했다는 생각이 들었다.

4

강동원이 이끄는 해명 고등학교는 서울의 강호 덕선 고등학교를 2 대 0으로 누르고 봉황기 우승을 차지했다.

대회 최우수 선수는 강동원이 차지했다.

그리고 최우수 투수상도 강동원의 몫이었다.

그렇게 뜨거웠던 봉황기가 끝났다.

8장
희비

　　　　　　　　　　1

　뺘바바바밤-!

　요란스러운 오프닝 음악과 함께 스포츠 스튜디오가 화면
에 나왔다. 화면 오른편에는 늘씬한 아나운서가 섹시한 자세
로 앉아 있었다.

　음악이 끝나자 곧장 아나운서의 멘트가 이어졌다.

　[오늘도 다시 찾아왔습니다. 스포츠 플러스 베이스볼 투나잇 아나
운서 김신아입니다. 오늘도 제 옆에는 훈남 해설 위원이시죠 박재훈
해설 위원님 나와 계십니다. 안녕하세요.]

[네, 안녕하세요.]

[오늘도 재미난 이야기, 많이 준비하셨죠?]

[네. 프로야구 순위 싸움이 치열한 건 다들 아실 테고요. 오늘 봉황기가 끝이 났거든요.]

[참, 오늘 봉황기 결승전이 있었죠?]

[하하. 네, 그렇습니다.]

[그럼 시청자 여러분께 먼저 봉황기 소식부터 전해 드릴까요?]

[네, 그렇게 하죠.]

야구팬들에게는 익숙한 만담이 끝나고 봉황기 결승전 하이라이트가 펼쳐졌다. 그러자 김신아 아나운서도 목소리 톤을 차분하게 바꾸며 말을 이었다.

[결승전은 부산의 해명 고등학교와 서울의 덕선 고등학교의 맞대결이었죠?]

[그렇습니다. 해명 고등학교에서는 3학년 강동원 선수가 나왔고, 덕선 고등학교에서는 3학년 송일섭 선수가 나왔습니다. 두 투수 모두 에이스급 투수라 거의 5회까지 팽팽한 투수전 양상을 보였는데요. 결과적으로 승자는 강동원 선수가 되었습니다.]

[그런데 강동원 선수가 노히트노런을 달성했다고 하던데요?]

[네, 9이닝 동안 안타와 실점 없이 경기를 끝마쳤습니다. 7회 실책

만 나오지 않았더라도 퍼펙트게임이 가능했던 경기였습니다.]

[강동원 선수 되게 아쉽겠어요.]

[퍼펙트게임이 쉽지 않은 기록이니까요. 강동원 선수 본인 입장에서는 안타까운 일일 겁니다. 그래도 노히트노런은 하지 않았습니까.]

[맞아요. 그것도 고척돔 개장 이래 최초 노히트노런의 주인공이 됐는데요.]

[정말 대단한 선수입니다.]

[해명 고등학교를 우승으로 이끌면서 강동원 선수는 최우수 선수상에, 최우수 투수상까지 받았다고 합니다. 이 정도면 당장 프로에 가도 당당히 선발 자리 하나는 맡아 놓지 않았나요?]

[물론 오늘 보여준 투구만 놓고 보자면 충분히 가능한 이야기겠지만 그래도 프로는 프로니까요. 확신하긴 어렵습니다.]

[박재훈 해설 위원. 오늘도 선수 평가는 짜시네요.]

[하하. 그런가요? 하지만 제 개인적인 생각으로 강동원 선수라면 프로에서도 충분히 좋은 모습을 보여줄 것이라 기대됩니다.]

[네, 저도 강동원 선수가 프로야구에서 뛰는 경기를 꼭 지켜보고 싶네요.]

[그런데 여기서 흥미로운 이야기가 하나 더 있습니다. 자 화면 보시죠.]

박재훈 해설 위원의 말과 함께 영상이 바뀌었다. 그리고 강동원을 대신해 강동열이 나타났다.

[강동열? 왠지 이름이 강동원 선수와 비슷한데요. 혹시 형제 사이인 건가요?]

[하하. 비슷합니다. 강동열 선수는 강동원 선수의 사촌 동생입니다.]

[그러니까 사촌 지간이 결승전 무대에 나란히 섰다는 말이죠?]

[네, 원래 2학년이지만 에이스라 불리는 강동열 선수가 선발로 나올 것으로 예상을 했는데요. 준결승전 등판 여파로 송일섭 선수에게 선발 자리를 양보할 수밖에 없었습니다. 그래서 사촌 형제간의 맞대결을 보지 못하는 게 아닐까 싶었는데 6회부터 강동열 선수가 마운드를 물려받았습니다.]

[그러나 승자는 강동원 선수였죠.]

[네, 무실점 호투를 한 강동원 선수와는 달리 강동열 선수는 1실점을 하고 말았는데요. 8회 이후로 갑자기 구위가 떨어진 게 컸습니다. 아무래도 이틀 전에 던졌던 것이 어깨에 부담으로 왔던 것 같습니다.]

뚜욱!

"젠장할!"

퉁명스런 욕지거리와 함께 TV 화면이 꺼졌다.

그것만으로는 분이 풀리지 않았던지 강동원의 작은아버지

강명식은 리모컨을 신경질적으로 바닥에 내던졌다.

"에잇! 온통 동원이, 동원이! 동원이 얘기뿐이네. 우리 동열이도 잘 던졌는데……. 오늘 경기만 이겼으면 MVP도 최우수 투수상도 우리 동열이 차지였을 텐데."

강명식은 아쉬움을 감추지 못했다. 농담이 아니라 결승전 전까지 최우수 투수상으로 유력했던 건 강동원이 아니라 강동열이었다.

그런데 강동원이 결승전 노히트노런의 대기록을 세우면서 그동안 고생했던 강동열의 상을 냉큼 받아가 버렸다.

"최 감독도 그래. 아예 처음부터 동열이를 선발로 내세웠어야지. 선발 투수를 중간에 내보내면 어쩌자는 소리야. 그깟 학부형들 등쌀이 무서우면 감독 자리를 때려치워야 할 거 아냐!"

좀처럼 사그라질 줄 모르던 강명식의 불만이 어느새 최인창 감독에게 향했다. 그러더니 이내 선수들까지 입에 오르내렸다.

"타자들도 하나같이 병신 머저리들이야. 그깟 동원이 녀석 공 하나 못 치고 말이야. 예전 같았으면 줄빠따를 때려서라도 정신무장을 시켰을 텐데. 저런 얼빠진 놈들이 주전이랍시고 경기에 나갔으니 우리 동열이만 고생했잖아! 바보 같은 놈들! 에잇! 답답한 놈들!"

강명식은 우승 실패를 다른 이들의 탓으로 돌렸다. 강동열도 8회 추가점을 내주긴 했지만 강명식은 눈곱만큼도 아들이 잘못 던졌다고 생각하지 않았다.

"그나저나 형수님은 좋아 죽으려고 하겠네. 그러니 전화도 못 하겠고. 젠장할……."

조카지만 강명식은 강동열보다 강동원이 잘했다는 사실을 인정하고 싶지 않았다. 그렇다 보니 입에 발린 축하 전화도 할 수가 없었다.

그 모습을 한심하게 바라보던 최명자가 쯧쯧 혀를 찼다.

"입만 열면 그저 동열이, 동열이. 당신은 아들밖에 몰라요?"

하지만 강명식은 아내의 핀잔에 코대답도 하지 않았다. 그저 혼잣말을 중얼거리며 불평불만을 터뜨리기 바빴다.

"동열이 아버지!"

"아, 왜?"

"그만 투덜거리고 저녁이나 먹어요."

"저녁? 너는 지금 저녁이 목구멍으로 넘어가냐? 엄마가 되어가지고, 아들이 경기에서 졌는데."

"아들은 아들이고, 밥은 밥이지. 그럼 굶어요?"

최명자가 어처구니없다는 표정을 지었다. 그러자 강명식이 자리에서 벌떡 일어나 안방으로 들어가 버렸다.

"이 양반이! 저녁 먹으라니까요!"

"안 먹는다!"

"그럼 먹지 마요. 기껏 차려더니. 에잇!"

"무슨 여편네가 말이 저리 많아!"

"됐어요! 나 혼자 먹고 말지."

"그러지 말고 동열이한테 전화 넣어봐!"

"내가 왜요. 답답하면 당신이 해요!"

최명자가 빽 하고 소리를 내질렀다. 그러자 강명식도 더는 참지 못하고 안방 문을 열고 나왔다.

"이놈의 여편네가 뭘 잘못 쳐 먹었나! 대체 오늘 왜 이러는 거야?"

"왜 이러긴 뭘 왜 이래요? 당신 눈에는 동열이밖에 안 보여요? 나하고 수희는 보이지도 않아요?"

"여기서 갑자기 그 이야기가 왜 나오는 거야?"

집 밖까지 울리는 부부 싸움 소리에 벨을 누르려던 강동열이 무겁게 한숨을 내쉬었다. 그러고는 어딘가로 터벅터벅 걸음을 옮겼다.

같은 시각.

강동원의 어머니는 가게를 일찍 마무리하고 거실에 앉아 흐뭇한 미소를 머금고 있었다.

어머니의 양손에는 강동원이 받아온 최우수 선수상(MVP) 트로피와 최우수 투수상 트로피가 각각 들려져 있었다.

"이게 우리 아들이 받아 온 트로피구나."

어머니는 트로피에서 시선을 떼지 못했다. 몇 번이고 살펴본 트로피를 번갈아 보고 또 바라봤다.

그러다가 최우수 투수상 트로피를 내려놓고는 MVP 트로피를 얼굴 가까이 가져간 뒤에 이름이 박힌 부분을 정성스럽게 쓰다듬었다.

"강동원."

어머니는 트로피에 적힌 아들의 이름을 한자하자 천천히 불렀다.

야구하는 아들에게 제대로 해준 것도 없었는데 이렇게 큰 상을 받아 오니 대견하면서도 가슴 한편이 먹먹해져 왔다.

어머니의 시선이 건너편으로 향했다. 거실 맞은편에서는 강동원이 부상으로 받은 글러브를 정성스럽게 매만지고 있었다.

"후후후……."

입가 가득 미소를 머금으며 강동원은 글러브를 신주단지 모시듯 조심스럽게 두 손에 안았다.

검정색으로 염색된 가죽에 손잡이 부분에 금실로 강동원이라는 이름 석 자가 새겨져 있었다.

프로 선수들이 사용하는 것처럼 물 건너 온 제품은 아니지만 강동원은 이 글러브를 오래전부터 꼭 갖고 싶어 했다.

국내 최고의 수제 야구 용품 제작사로 꼽히는 K사에서 올해부터 한시적으로 봉황기 최우수 투수상과 최우수 타자상을 수상한 선수에게 최고급 글러브와 방망이를 부상으로 제공하겠다고 밝혔는데 그 첫 수혜자가 자신이 되었으니 기분이 좋을 수밖에 없었다.

"아이고, 예뻐라. 어디 갔다가 이제야 온 거니."

강동원은 글러브를 들어 뺨으로 가져가서 비비적거렸다. 새 상품이라서일까. 진한 가죽 냄새가 코끝을 파고들었다.

"크으. 동열아, 너는 모를 거다. 명절 때 보란 듯이 이걸 끼고 나타났을 때 내가 얼마나 속이 쓰렸는지를. 그런데……! 크아. 좋다, 좋아. 자랑할 만하네. 손에도 딱 맞고 감촉도 좋아. 아주 부드러워."

과거 이 글러브의 주인공은 강동원이 아니라 강동열이었다. 덕선 고등학교를 우승으로 이끈 기념으로 MVP와 최우수 투수상을 휩쓸 때 함께 부상으로 받았다.

그때부터 슬럼프에 빠져 있었던 강동원은 강동열의 이 글러브가 무척 탐이 났다.

프로에 와서 더 좋은 글러브를 사용할 때도 강동원이 보물처럼 모시던 이 글러브가 가지고 싶었다.

그걸 다시 과거로 돌아와 손에 넣었으니 입가에서 미소가 떠나질 않았다.

그런 아들을 흐뭇한 눈으로 바라보던 어머니가 뭔가를 떠올리고는 조용히 강동원을 불렀다.

"동원아……."

"으응?"

어머니가 부르는데도 강동원은 글러브에서 시선을 떼지 못했다.

"동원아, 엄마가 부르잖아."

"아, 미안. 말해요, 엄마."

강동원이 마지못해 고개를 돌려 어머니를 바라보았다. 그러자 어머니가 천천히 입을 열었다.

"내일…… 우승 축하연이 있다고 했지?"

"아, 네에. 허삼청이던가? 후원회 사람들 다 나온대요."

"그러니?"

"네에. 엄마도 오실래요?"

강동원이 불쑥 내뱉은 말에 어머니가 어색한 미소를 지었다.

"나도 가면 좋지. 그런데 장사 때문에……."

어머니는 끝까지 말을 잇지 못했다. 아들이 이렇게 큰 상을 받는데 장사 하루 접지 못한다는 게 미안하기만 했다.

하지만 강동원도 더 이상 철부지 어린 아들이 아니었다.

"괜찮아요. 오늘 이렇게 엄마에게 축하받았잖아요. 그리고 내일 아마 사람 엄청 많이 올 거예요. 엄마는 사람 많은 곳이 부담스럽잖아요. 그러니까 안 오셔도 돼요. 저는 정말 괜찮아요."

강동원이 밝은 얼굴로 대답했다. 그런 아들이 보는 어머니는 더욱 가슴이 아팠다.

"미안해, 아들."

"아이, 괜찮다니까요. 아마 엄마 오시면 다들 엄마 피곤하게 할 거예요. 그러니까 안 오시는 게 나을 거 같아요."

"그래도……."

"에이, 엄마. 제 걱정 마세요. 저 어린애 아니에요."

강동원이 의젓하게 굴수록 어머니는 자꾸만 미안해졌다. 그러나 어머니의 마음을 누구보다 잘 아는 그것만으로 충분했다.

"어차피 어른들끼리 술 마시는 자린데요, 미안해하실 필요도 없고 엄마가 오셔도 별로 할 것도 없어요. 그리고 엄만, 술 못하시잖아요."

강동원은 대수롭지 않게 대답했다. 그러자 어머니가 괜히 얼굴을 붉히더니 슬그머니 고개를 돌렸다.

잠시 고개를 갸웃거리던 강동원은 다시 글러브로 고개를 돌렸다. 그사이 어머니는 반질반질하게 닦은 트로피를 들어 찬장에 올려놓았다.

"그런데 안 자니?"

"자야죠."

"벌써 12시가 다 되었잖니. 피곤할 테니 어서 들어가 자거라."

"아, 그래야겠어요. 엄마도 주무세요."

"오냐, 푹 쉬어라."

"네에."

강동원은 글러브와 함께 자신의 방으로 들어갔다. 그리고 옷을 갈아입고 화장실로 향했다.

그런데 어머니는 그때까지도 거실에 앉아 있었다. 그저 말없이 전화기만 바라보고 있었다. 그 모습이 마치 누군가의 전화를 기다리고 있는 것 같았다.

'응? 어디 전화 올 때가 있으신가? 호, 혹시 그 대머리 아저씨?'

순간 강동원의 눈이 크게 떠졌다. 그러다가 이내 고개를 가로저었다.

'에이 설마…….. 아니겠지.'

강동원은 고개를 흔들며 화장실로 들어갔다. 그리고 시원한 물로 세수를 하고 나왔다.

하지만 어머니는 제자리에서 꼼짝도 하지 않고 있었다.

"엄마!"

"응? 으응?"

어머니는 깜짝 놀라며 고개를 들었다.

"왜, 아들?"

"안 주무세요?"

"으응, 자야지. 너나 어서 들어가 자렴."

"네에, 근데 누구한테 전화 올 데 있어요?"

강동원의 말에 어머니가 몸을 움찔했다.

"아, 아니. 전화는 무슨……. 그냥 잠깐 생각할 것이 있어서."

어머니는 순간 당황했는지 말을 얼버무렸다. 그런 행동이 강동원은 점점 더 의심이 들었다. 하지만 굳이 집요하게 묻지는 않았다.

"알겠어요. 전 그만 들어가 잘게요."

"오냐, 잘 자거라."

강동원이 방에 들어가고 어머니는 다시 전화기에 시선이 갔다. 그러다가 혼잣말을 중얼거렸다.

"도련님이 전화를 줄 때가 됐는데……. 오늘은 안 주려나?"

어머니가 삐뚤어진 전화기를 반듯하게 돌려놓았지만 전화기는 잠잠하기만 했다.

"오늘은 오랜만에 동원이 자랑을 좀 하려고 했더니."

어머니의 표정에서 아쉬움이 가득 묻어났다. 사실 어머니

는 작은아버지로부터 틈만 나면 강동열 자랑에 시달려 왔
었다.

그런데 오늘은 강동원이 이렇듯 두 개의 트로피를 타 왔으
니 전화가 오면 보란 듯이 자랑을 늘어놓고 싶었다.

하지만 1시가 지나도 전화벨은 울릴 생각을 하지 않았다.

"주무시나? 아무래도 안 올 모양인데."

아쉬움에 중얼거리던 어머니의 시선이 선반에 올려둔 남
편 사진으로 향했다. 순간 어머니의 표정이 복잡 미묘하게
바뀌었다.

"여보, 우리 동원이가 이렇게 컸네요. 당신도 무척 자랑스
럽죠? 이 모습을 당신도 봤다면……."

어머니는 끝내 말을 잇지 못하고 눈물을 훔쳤다. 그렇게
고개를 돌려 눈물을 닦고 있을 때 어디선가 우렁찬 콧소리가
들려왔다.

드르렁, 드르렁!

"응?"

강동원 방에서 시작된 소음이 집 안 전체에 울려 퍼졌다.

"우리 아들 많이 피곤했나 보네."

조금 전까지 눈시울을 글썽거렸던 어머니의 입가를 타고
다시 흐뭇한 웃음이 번졌다.

다음 날 저녁.

해명 고등학교 근처 허삼청으로 사람들이 하나둘 모여들었다. 그 입구에는 '봉황기 우승! 해명 고등학교!'라는 커다란 현수막이 걸려 있었다.

그리고 그 옆에는 '최우수 선수상, 최우수 투수상에 빛나는 해명 고등학교의 보물! 강동원.'이라는 현수막도 함께 자리 잡고 있었다.

"좋아, 좋아."

강동원은 입구에 걸린 현수막을 바라보며 씩 웃었다. 예전에는 이런 것만 봐도 부끄러워서 쥐구멍에 숨고 싶었지만 과거로 돌아온 지금은 달랐다.

매번 '강동원 아웃!'이나 '먹튀 강동원 나가라' 같은 플래카드만 보다가 이런 낯간지러운 환영 현수막을 보니 다시 한번 과거로 돌아오길 잘했다는 생각이 들었다.

그때였다.

"니 뭐 하노? 안 들어가고."

누군가가 강동원의 등을 툭 하고 때렸다.

"깜짝이야!"

강동원이 화들짝 놀라 고개를 돌렸다. 그러자 한문혁이 별

걸 다 놀란다는 표정으로 강동원을 째려봤다.

"여서 뭐 하는데?"

"그냥, 잠깐 생각할 게 있어서."

"그놈의 생각은 허구한 날 하냐? 마, 치아라. 퍼뜩 들어가자."

한문혁이 강동원의 등을 가게 안으로 떠밀었다. 식당 안에는 이미 많은 사람이 모여 있었다.

사람들은 강동원이 나타나자 모두 박수를 치며 반겼다.

"와아아아아!"

"어서 온나!"

"우리의 영웅, 해명 고등학교의 영웅. 강동원!"

"강동원! 강동원! 강동원!"

모두 한마음 한뜻으로 강동원을 연호했다. 강동원은 그런 후원회 사람들에게 여러 번 허리를 굽혀 인사를 했다.

현수막으로도 충분한데 이렇게 대놓고 연호를 받으니 다시 입가가 실룩거렸다.

"동원아, 어서 온나."

저만치 앉아 있던 후원회 회장도 직접 나와 강동원을 반겼다.

"네에, 안녕하세요."

강동원이 인사를 했다. 그러자 후원 회장이 느닷없이 강동원을 끌어안더니 볼에 진한 뽀뽀를 해댔다.

"으구, 요 귀여운 녀석. 니 땀시 우리가 산다. 이리 온나."

자신이 회장이 된 이후로 두 번째 우승을 맞본 후원회장은 흥분을 감추지 못했다.

남들보다 먼저 술잔을 기울여 반쯤 취한 탓도 있지만 작년 청룡기 퍼펙트게임과 이번 봉황기 노히트노런 등 고비 때마다 최고의 활약을 펼쳐 준 강동원이 예쁘지 않을 수 없었다.

"아, 네. 감사합니다."

강동원이 어색한 미소를 지으며 자리를 벗어나려 했다. 다른 건 몰라도 수염 까끌까끌한 아저씨에게 뽀뽀를 받는 건 사양이었다.

그러자 다른 후원회 사람들이 강동원을 붙잡았다.

"동원아! 이리 온나! 아저씨도 뽀뽀해 주께!"

"우리 동원이! 아줌마가 좀 안아보자! 이리 온나!"

흥이 돋은 후원회 사람들이 순식간에 강동원을 에워쌌다. 강동원은 어찌할 바를 모르며 옆에 앉은 한문혁에게 도와달라는 눈빛을 보냈다.

하지만 한문혁은 질투 어린 눈빛으로 콧방귀만 뀔 뿐이었다.

"흥!"

그러고는 저만치 앉아 있는 학생들 옆자리로 가서 고기를 주워 먹기 시작했다.

덕분에 강동원은 얄짤없이 많은 사람으로부터 격한(?) 축하를 받아야 했다. 다소 과한 풍경이었지만 코칭스태프는 물론이고 학생들조차 웃어넘겨 버렸다.

과거 한때 전국 대회 4강 단골이었다는 이유로 부산 경남 지역의 강호라고 불리고 있긴 하지만 솔직히 지금 해명 고등학교의 전력은 우승과는 거리가 멀었다.

좋은 유망주들은 전부 사하 고등학교나 경운 고등학교로 진학해 버렸다.

그나마 괜찮았다는 소리를 듣던 작년 3학년들이 전부 졸업한 이후로 올해는 틀렸다는 의견들이 주를 이루었다.

근데 강동원이 에이스로서 제몫을 다해주면서 해명 고등학교는 작년에 이어 올해도 전국 대회 우승을 차지할 수 있었다.

물론 선수들이 다 함께 노력한 결과겠지만 강동원이 없었다면 감히 꿈도 꾸지 못했을 결과였다.

그렇다 보니 자리에 모여든 후원회며 학부형들 모두 강동원을 예뻐할 수밖에 없었다. 특히나 한문혁의 아버지는 더했다.

후원회장만큼이나 술에 취해서는 아예 강동원을 붙잡고

눈물까지 흘리시며 고마워했다.

"동원아이. 고맙데이. 정말 고맙데이. 니가 아니었으면 누가 우리 문혁이를 누가 챙겨줬게노. 진짜로 고맙데이."

"아닙니다. 아부지. 오히려 문혁이가 지를 많이 챙겨줍니더."

"오야, 오야. 말이라도 고맙다."

강동원은 자신도 모르게 가슴이 뭉클해져 왔다. 그저 제 욕심에 야구를 해왔던 것뿐인데 거창하게 은인 취급까지 받으니 몸 둘 바를 몰랐다.

어느 순간부터 강동원은 몸을 낮췄다. 이런 과분한 감사를 받을 만큼 자신이 잘한 게 없다는 생각이 든 것이다.

그러나 자리에 참석한 학부형들은 단 한 명도 빠짐없이 강동원에게 고마움을 전했다.

봉황기에서 우승을 한 덕분에 자신의 자식들이 프로 스카우터들에게 조금 더 눈도장을 받을 수 있었기 때문이다.

그렇게 허삼청 가득에서 열린 해명 고등학교의 축하연은 밤늦도록 이어졌다. 그리고 축하연이 끝났을 때 강동원은 반쯤 녹초가 되어 있었다.

"힘드나."

"죽을 거 같아."

"짜슥, 뭐 이 정도로 엄살이고?"

"네가 한번 당해봐. 아줌마 아저씨들 힘 장난 아냐."

"크흐흐. 그래서? 야구 잘하는 게 억울하나?"

"누가 억울하대?"

"그람 마, 더 잘해라. 그래서 우리 모두 프로 가자."

한문혁이 강동원의 어깨를 툭툭 두드렸다.

"그래, 다 함께 프로 가자."

강동원도 피식 웃으며 새까맣게 탄 고기를 입에 집어넣었다.

❸

다음 날 강동원은 일어나자마자 외출을 하였다.

"환장하겠네."

현관 앞에 걸린 거울을 살피던 강동원이 미간을 찌푸렸다. 어제 축하연에서 시달려서인지 얼굴이 퉁퉁 부어 있었다. 게다가 술을 마신 것도 아닌데 얼굴이 발그스레했다.

모르는 이들이 봤다면 빨갛게 볼터치를 한 거란 착각이 들 정도였다.

"그건 그렇고 뭔 뽀뽀를 그리 하는지."

입술을 삐죽거리면서 강동원은 집을 나섰다. 물론 어제 일을 생각하면 너무나 감사했다.

자신을 응원하고 후원해 주는 사람들이 있기에 꼭 자신이 있는 것 같은 느낌도 들었다. 하지만 역시나 그런 자리는 익숙지가 않았다.

고등학교 3학년을 말아먹고 프로에서도 성적이 신통치 않아 늘 혼자 다니다 보니 왁자지껄한 분위기가 좀처럼 적응이 되질 않았다.

"우승 두어 번 더 하면 좀 나아지려나."

이런저런 생각을 하며 강동원은 한참 동안 걸음을 옮겼다. 그러다 머리 위쪽에 달린 간판을 확인하고는 우뚝 걸음을 멈추었다.

새로 지어진 듯한 빌딩 위쪽에는 김민교 정형외과라는 간판이 적혀 있었다.

"문혁이가 말한 곳이 여기구나."

빌딩 앞에 선 강동원의 표정이 살짝 굳어졌다. 불현듯 전날 축하연을 마치고 헤어지기 전 한문혁의 모습이 떠올랐다.

'니 내말 단디 들어라. 엔마트 사거리 가 보믄 김민교 정형외과라고 있다. 여기 의사 쌤이 서울에서 억수로 유명한 분이라 카더라. 그러니까 니 내일 꼭 여기 가라. 알았제? 안 가면 확 그냥 막 뒤진다!'

한문혁의 성화에 알았다고 하긴 했지만 강동원도 한 번쯤 어깨 상태를 확인하고 싶은 마음이 없지 않았다.

게다가 결승전에서 9회까지 공을 던지고 난 후 미세하게 통증이 남아 있었다.

며칠 쉬면 괜찮을 거라고 생각하면서도 혹시나 하는 불안함에 한문혁이 알려준 병원에 오게 된 것이다.

"문혁이 녀석이 예약까지 미리 해놓았다니까……."

크게 숨을 고른 뒤 강동원이 병원 안으로 들어갔다.

접수실 앞쪽에는 두 명의 간호사가 앉아 있었다. 그중 한 명의 간호사가 강동원을 발견했다.

"어서 오세요. 진료 받으실 겁니까?"

"아, 네에."

강동원이 쭈뼛거리며 말했다.

"여기 처음이에요?"

"네에."

"그럼 여기에 이름이랑, 주소, 전화번호 좀 적어주세요."

간호사가 종이를 건네며 말하자 강동원이 볼펜을 집어 들었다. 그러고는 조심스럽게 입을 열었다.

"저기, 예약을 했다고……."

"아! 그래요? 성함이……."

"강동원입니다."

"잠시만요."

간호사가 키보드를 두드리더니 얼굴이 활짝 폈다.

"아, 여기 있네요. 강동원 님. 그거 빨리 적어주시고요. 저기에 잠시 저기 앉아서 대기해 주세요."

"아, 네에."

강동원은 가볍게 기록지를 작성한 뒤 진료실 앞 소파에 앉았다. 하지만 마음처럼 가만히 앉아 있을 수가 없었다.

아무래도 병원이다 보니 이런저런 생각이 머릿속을 어지럽게 떠다녔다.

"후우……."

불안함을 떨쳐 내며 강동원이 일부러 주변으로 눈을 돌렸다. 그런데 자기 말고도 운동선수가 몇몇 보였다.

운동복을 입고 온 것은 아니지만 선수들은 선수를 보면 금세 알 수 있었다. 그런 이들만 적어도 다섯은 되어 보였다.

한문혁이 이곳에 고등학교 야구 선수들이 자주 온다고 말해주긴 했는데 이 시간에 이렇게나 많은 동지를 보리라고는 전혀 생각하지 못했다.

하지만 대기 시간은 길지 않았다. 한문혁의 예약 덕분에 강동원의 이름은 곧바로 대기 순번 맨 위로 올라갔다.

그렇게 잠깐의 시간이 지나고 진료실 문이 열리며 간호사가 나타났다.

"강동원 님."

"네!"

강동원이 대답하며 자리에서 일어났다.

"진료 받으실게요."

"알겠습니다."

두근거리는 심장을 억누르며 강동원은 간호사를 따라 진료실로 들어갔다.

안에 들어가자 검은색 뿔테 안경을 착용한 의사, 김민교가 강동원을 기다리고 있었다.

"아, 이번에 우승한 학교 선수 맞죠?"

지난 봉황기 노히트노런 때문인지 김민교는 어렵지 않게 강동원을 알아봤다.

"네."

덕분에 강동원의 긴장도 싹 풀려버렸다.

"앉아요. 이거 유명 인사를 이렇게 보게 될 줄은 몰랐네요."

"아, 아닙니다."

"그런데 어디 보자……. 어깨 때문에 온 거예요?"

"아, 네에."

"잠깐 봅시다."

김민교가 다가와 강동원의 어깨 부위를 손으로 눌러보고

팔을 들었다 내렸다 하며 확인을 해보았다.

그런데 팔을 높이 드는 동작을 취할 때마다 강동원이 자신도 모르게 미간을 찌푸렸다. 이질적인 통증을 느낀 것이다.

그것을 확인한 김민교가 알겠다며 고개를 끄덕였다.

"내가 보기에는 어깨 부위에 염증이 생긴 것 같은데. 일단 X-ray하고 CT 좀 찍어보고 얘기 나누도록 하죠."

"알겠습니다."

진료실을 나선 강동원은 곧장 영상의학실로 들어갔다. 그곳에서 어깨 부위만 집중적으로 찍은 후 다시 진료실 앞에서 대기를 했다.

'무슨 일 있는 건 아니겠지……'

초조함을 참지 못하고 강동원이 엄지손톱을 입으로 가져다 댔다. 시간이 지날수록 만에 하나 어깨에 큰 문제라도 발견된다면 어떻게 하나 하는 불안감이 점점 커져만 갔다.

그때였다.

"강동원 님."

"네에."

"들어오세요."

간호사의 부름을 받고 강동원이 다시 진료실로 들어갔다. 김민교는 컴퓨터 모니터로 강동원의 어깨 부위를 면밀히 살피고 있었다.

강동원의 조심스럽게 의자에 앉았다. 모니터를 보는 김민교의 표정이 매우 심각해 보였다.

자연스럽게 강동원의 얼굴에도 긴장감이 번졌다.

'정말로 어디 잘못되었나?'

강동원이 마른침을 꿀꺽 삼켰다. 그런 줄도 모르고 김민교는 한참 동안 촬영한 영상을 두루두루 살피더니 고개를 끄덕이며 돌아섰다.

"다행히 큰 이상은 없네요. 다소 염증이 좀 있긴 하지만 주사 맞고 며칠 푹 쉬면 괜찮을 겁니다. 큰 문제는 없어요."

"아, 그래요?"

강동원의 입에서 안도의 한숨이 터져 나왔다. 자연스럽게 김민교도 입가에 미소를 띠었다.

"그래도 아직 한창 클 나이이니까. 어깨 관리는 잘해야 합니다. 꼼꼼히 스트레칭도 해주고, 무엇보다 관리입니다. 알겠지요?"

"네, 알겠습니다. 감사합니다, 선생님."

"참, 강동원 선수."

강동원이 인사를 하고 일어나는데 김민교가 갑자기 강동원을 붙잡았다. 고개를 돌려보니 책상 위에 새하얀 A4 용지 한 장이 올려져 있었다.

"사인 한 장만 해줄래요?"

"예? 제가요?"

"네, 저 강동원 선수 팬이거든요."

강동원은 사양하지 않고 용지 가득 사인을 그려 넣었다. 그러자 김민교가 히죽 웃으며 말을 보탰다.

"이런 소리 잘못하면 돌 맞을 수도 있겠지만, 저는 강동원 선수가 최동원보다 더 좋은 투수가 될 거라고 생각합니다. 그러니까 열심히 하세요."

김민교의 덕담에 강동원이 환한 얼굴로 대답했다.

"네, 감사합니다."

염증을 가라앉히는 주사를 맞은 뒤 강동원은 집으로 돌아갔다. 그리고 곧바로 어깨를 강화할 계획을 세웠다.

과거로 돌아오고 나서 가장 먼저 해야 할 일이었지만 봉황기 결선 기간이라 그럴 정신이 없었다.

하지만 앞으로 한동안은 시간적으로 여유로운 만큼 미리미리 어깨를 관리할 필요가 있을 것 같았다.

"대충 이 정도면 될까?"

한 시간여 가까이 운동 프로그램을 짠 강동원이 만족스러운 얼굴로 고개를 끄덕였다. 그리고 사흘 뒤부터 집 근처에 있는 헬스장을 찾았다.

"점마는 누구지?"

"새끼, 까리하네. 운동 좀 했나 본데?"

"니 강동원이 모르나?"

"강도원이? 최도원이 아니고?"

"점마가 리틀 최동원이라는 강동원이 아이가."

"아, 그때 말한 그 억수로 잘한다는 투수?"

"그래, 그라니까 괜히 눈치 주지 마라. 여기서 운동할랑 갑따."

처음에는 아니꼬운 눈으로 바라보던 사람들도 강동원의 정체를 알고는 알아서 자리를 양보해 주었다.

덕분에 강동원도 큰 불편함 없이 계획대로 훈련을 진행할 수 있었다.

"당분간은 유연성부터 기르자."

수많은 운동 기구가 이리 오라며 유혹했지만 강동원은 눈 딱 감고 어깨 스트레칭부터 시작했다.

주사를 맞았긴 해도 아직 염증이 남아 있을 수 있기에 무리해서 근력 운동을 할 생각은 없었다.

그렇게 충분히 어깨 스트레칭을 해준 후 강동원은 유연성을 기르는 훈련에 들어갔다.

어깨는 유연성 제한이 많이 걸려 있다. 그래서 하루에 2-3회 정도 가볍게 당기는 자극이 필요한 스트레칭을 해줄 필요가 있었다.

그렇게 한 시간쯤 땀을 빼고 나니 몸이 풀리는 듯한 느낌이 들었다.

"무리하지 않는 선에서 근력 운동도 좀 하자."

강동원은 가볍게 팔굽혀펴기를 했다. 확실히 몸이 젊어지다 보니 팔굽혀펴기가 수월했다.

느릿하게 열 개씩 세 세트를 하는데 채 2분도 지나지 않은 것 같았다.

팔굽혀펴기가 끝난 뒤 강동원은 내회전 운동을 시작했다. 튜빙이나 밴드를 손에 묶어 잡은 다음, 몸 안쪽으로 천천히 잡아당긴 후 다시 이완시키는 운동이다.

내회전 운동이 끝난 다음에는 외회전 운동도 병행했다.

"쟤마는 저게 재미있나?"

"운동선수가 운동을 재미있어서 하긋나. 해야 하니까 하는 기제."

"나 같으면 지루해서 몬 하겠다."

혼자서 묵묵히 훈련을 하는 강동원을 보며 사람들이 하나같이 고개를 흔들어 댔다.

하지만 강동원은 주변 사람들은 신경 쓰지 않고 자신의 페이스대로 운동을 진행해 나갔다.

서두르고 간과하다가 이미 한 번 어깨 때문에 고통받는 인생을 살았다.

어렵게 과거로 돌아왔는데 다시 그런 바보 같은 짓을 되풀

이할 생각은 없었다.

'더 강해져야 해. 지금보다 더.'

훈련이 없을 때마다 강동원은 헬스장에 찾아와 몸을 만들었다. 그렇게 시간이 흘러 6월이 되었다.

4

6월.

뜨거운 여름을 앞두고 황금 사자기 대회가 열렸다.

봉황기 우승 팀으로서 해명 고등학교도 황금 사자기에 참가했다. 3라운드까지는 대진 운도 좋았다.

조 편성 결과 라이벌이라 할 만한 학교가 대부분 반대 블록에 집중되어 있었다.

고교 야구 전문가들은 해명 고등학교가 이변이 없는 한 결승전까지는 무난하게 올라올 것이라고 여겼다.

4강전부터는 강호들끼리 맞붙으니 경기 결과를 장담할 수 없지만 강동원이 4강전에 등판한다면 해명 고등학교의 2연속 결승 진출도 불가능하지 않을 것이라 여겼다.

강동원은 1라운드와 3라운드, 두 경기에 선발 등판해 각기 6이닝 무실점, 7이닝 1실점 호투를 펼치며 팀을 다음 라운드로 진출시켰다.

항간에는 강동원이 봉황기 때 혹사로 인해 병원을 다닌다는 소문이 나돌았지만 강동원은 155㎞/h를 넘나드는 포심 패스트볼과 더욱 날카로워진 커브로 자신의 건재함을 증명했다.

2라운드와 4라운드, 8강전은 2선발 정우성의 몫이었다.

2라운드에서 명덕 고등학교를 상대로 5이닝 2실점 승리를 챙겨 놓고도 만족하지 못했던 정우성은 이번 8강전에서 만만찮은 승일 고등학교를 만나 강동원 못지않은 투구를 선보였다.

"스트라이크 아웃!"

6회 말을 삼자범퇴로 처리한 정우성이 당당하게 마운드를 내려왔다. 디그아웃에서 그 모습을 지켜보던 한문혁이 옆에 앉은 강동원에게 말했다.

"동원아, 점마 저거. 확실히 변했제?"

"뭐가?"

"투구에 자신감이 잔뜩 묻었잖아. 니는 그리 안 느끼나?"

"뭐, 확실히 2라운드 때보다는 좋아졌네."

"그체, 맞제. 아놔, 전마 잘난 척 억수로 하겠네."

한문혁이 아니꼬운 시선으로 정우성을 바라보자 강동원이 피식 웃었다. 봉황기 준결승전 이후로 확실히 정우성의 피칭은 몰라볼 정도로 달라져 있었다.

그동안 정우성은 강동원에 비해 별다른 활약을 펼치지 못했다. 말이 좋아 2선발이지 다른 학교들에게 듣보잡 선수 취급을 받기 일쑤였다.

그런데 지난 봉황기 때 강동원의 활약상에 자극을 받고 실력이 일취월장했으니 해명 고등학교 입장에서도 잘된 일이 분명했다.

하지만 불펜은 여전히 불안했다. 선발 투수와 마무리 투수 송지헌 사이를 확실히 책임져 줄 만한 투수가 보이지 않았다.

"어떻게 하시겠습니까?"

정우성의 투구 수가 한계 투구 수인 80구를 넘어서자 권해명 투수 코치가 박영태 감독을 바라봤다.

"바꿔봐."

박영태 감독은 큰 고민 없이 결정을 내렸다. 현재 스코어는 5 대 1. 승일 고등학교가 특별히 타격이 좋은 팀이 아닌 만큼 한두 이닝 내에 경기가 뒤집힐 것 같진 않았다.

"알겠습니다."

선발 정우성이 내려가고 해명 고등학교는 7회부터 불펜진을 가동했다.

먼저 나온 투수는 2학년 우완 투수 송희상. 강동원이 졸업하는 내년에는 해명 고등학교의 선발진 한자리를 책임져 줄 기대주였다.

그러나 송희상은 아웃 카운트 하나 잡아내지 못하고 연석 4안타를 얻어맞고 강판당하고 말았다.

제구가 되지 않은 공이 전부 한가운데로 몰려 들어왔기 때문이다.

송희상을 구원 등판한 3학년 좌완 박기수도 아웃 카운트 3개를 잡아내는 동안 2안타를 허용하며 실점을 늘렸다.

그렇게 이닝이 바뀌었을 때 5 대 1의 점수는 5 대 4로 바뀌어 있었다.

불안해진 박영태 감독은 8회 말 수비 때 마무리 투수 송지헌을 등판시켰다.

2이닝. 아웃 카운트 6개가 남은 상황이었지만 불안한 불펜 투수들의 투구를 지켜보느니 송지헌을 믿고 맡기는 편이 낫다고 생각한 것이다.

송지헌은 박영태 감독의 기대대로 8회 말 세 타자를 깔끔하게 처리하고 이닝을 마쳤다.

하지만 9회 말, 선두 타자로 들어온 1번 타자 주일호에게 좌익선상 2루타를 얻어맞고 흔들리기 시작했다.

승일 고등학교 벤치는 2번 타순에 번트 작전을 냈다. 2루 주자를 안전하게 3루로 보내만 놓으면 3, 4번 중심 타선으로 이어지는 만큼 어떻게든 동점을 만들 수 있다고 판단한 것이다.

하지만 송지헌이 욕심을 부렸다. 투수 정면으로 굴러 온 번트 타구를 3루에 던져 모든 주자를 살려주고 만 것이다.

무사 1, 3루.

타석에 타격감이 좋은 3번 타자 왕정훈이 들어왔다.

"와, 미치겠네."

한문혁이 가만히 앉아 있지 못하고 벤치에서 일어나 왔다 갔다 했다.

"야, 앉아 있어. 정신 사나워."

"마, 니는 지금 진정이 되나. 지금 무사 주자 1, 3루라고! 안타하나면 동점이다. 니 아나?"

한문혁은 괜히 강동원에게 짜증을 냈다. 이런 상황에서도 벤치에 앉아 있을 수밖에 없는 현실에 화가 난 것이다.

"네가 이런다고 달라지는 건 없어. 그러니까 지헌이를 믿어봐."

말은 그렇게 했지만 강동원도 불안하기는 마찬가지였다.

가뜩이나 위기에 약한 송지헌이 제 스스로 위기를 자초했으니 무실점으로 경기를 마무리 지을 가능성이 높지 않은 상황이었다.

덕분에 더그아웃 분위기도 최악이었다. 특히 박영태 감독의 표정은 잔뜩 일그러져 있었다.

"이러다가 진짜 지는 거 아이가?"

"인마! 말이 씨가 돼."

"불안해서 근다. 불안해서⋯⋯."

선수들도 목소리를 낮춰 수군거렸다. 바로 그때.

따악!

경쾌한 방망이 소리가 들려왔다.

"⋯⋯!"

한문혁이 자리에서 벌떡 일어났다. 명색이 해명 고등학교 주전 포수라서일까. 타격 소리만 듣고도 어떤 타구가 나올지 짐작이 갔다.

아니나 다를까. 하늘 높이 떠오른 공은 순식간에 외야 쪽으로 뻗어나가고 있었다.

"떨어지라! 떨어지라코!"

한문혁이 뒤늦게 애원해 봤지만 타구는 우측 담장을 살짝 넘어가버렸다.

역전 끝내기 홈런을 때려 낸 왕정훈을 향해 승일 고등학교 선수들이 우르르 달려 나갔다.

그렇게 해명 고등학교는 5 대 6 한 점 차로 패배하고 말았다.

"젠장, 이기 뭐꼬! 다 이긴 경기를⋯⋯."

한문혁이 버럭 소리를 지르며 옆에 있던 장비를 발로 차버렸다. 강동원도 무겁게 한숨을 내쉬었다.

한문혁 말대로 다 이긴 경기였는데 이런 식으로 뒤집힐 줄은 미처 예상하지 못했다.

[아, 이럴 수가 있습니다. 봉황기 우승학교 해명 고등학교가 패배했습니다. 그것도 8강에서 말이죠.]

[그렇습니다. 정말 안타깝네요. 초반부터 불펜 투수들이 불안불안했거든요. 강동원 선수가 나오면 좋았겠지만 이틀 전에 던진 그가 나올 수도 없는 상황이었고 말이죠.]

[박영태 감독 입장에서는 다음 경기도 대비해야 했을 테니까요.]

[어쨌든 해명 고등학교 입장에서는 정말 안타까운 경기가 아닐 수 없습니다. 반면 승일 고등학교는 끝까지 잘 싸워줬습니다.]

[왕정훈 선수의 끝내기 홈런으로 승일 고등학교가 봉황기 우승 팀, 해명 고등학교를 물리치고 4강전에 진출했다는 소식을 전해 드리며 오늘의 중계 여기서 마치도록 하겠습니다.]

중계진이 경기를 정리하는 동안 해명 고등학교 선수들은 재빨리 장비를 챙긴 후 더그아웃을 빠져나갔다.

"젠장할!"

"이게 뭐꼬?"

선수들은 하나같이 불만을 터뜨렸다. 그 속에서 패배의 원

흙으로 찍힌 2학년 송희상이 고개를 들지 못했다.

"괜찮아. 다음에 잘하면 된다."

강동원이 송희상의 어깨를 툭툭 두드렸다. 경기는 이길 때도 있고 질 때도 있었다.

지난 봉황기 때처럼 운이 따라서 역전승을 거두는 날도 있고 오늘처럼 아쉽게 역전패를 당하는 날도 있는 법이었다.

하지만 송희상은 강동원의 위로가 귀에 들어오지 않았다.

"짜식, 힘내라."

강동원이 씁쓸하게 웃으며 발걸음을 옮겼다. 그런 강동원을 김상식 기자가 기다리고 있었다.

"동원아."

"아, 김 기자님."

"오늘 경기, 좀 그렇더라."

김상식 기자가 아쉽다는 투로 말했다. 냉정하게 말하자면 이것이 해명 고등학교의 현주소겠지만 에이스인 강동원이 나서지 못한 경기에서 역전패는 너무나도 뼈아프기만 했다.

"기분은 어때?"

"글쎄요."

"아쉽지 않아?"

"아쉽죠. 그래도 어쩌겠어요. 질 때도 있는 거니까요. 이제 다음 대회 준비를 해야죠."

"그래도 네가 던졌으면 달라졌겠지."

김상식 기자가 강동원에게 양해를 구하고 담뱃불을 붙였다. 그러고는 길게 담배 연기를 내뿜었다.

만약 강동원이 작년처럼 연투를 마다하지 않았다면 4강에 진출하는 건 승일 고등학교가 아니라 해명 고등학교가 됐을 것 같았다.

하지만 애써 과거로 돌아온 이상 강동원도 예전처럼 무식하게 공을 던지고 싶진 않았다.

"그건 모르는 일이죠. 오늘 우성이도 잘 던졌으니까요."

"정우성이는 많이 늘었더라. 그런데 계투진이 영 별로야."

"선수들의 컨디션이 별로 좋지 않았나 봐요. 게다가 승일 고등학교 타자들도 좀 집요하게 물고 늘어졌고요."

"포수 리드의 차이도 있는 거 같던데? 네 짝꿍 문혁이가 나왔으면 좀 더 나았을지도 몰라."

"문혁이가 들으면 좋아하겠네요. 하지만 진성이도 좋은 선수니까요."

"하하. 너 요즘 선수들 잘 챙긴다?"

"야구는 투수 혼자 하는 게 아니라고 하셨잖아요. 동료들이 도와주지 않으면 이길 수 없으니까 챙기는 게 당연한 거죠."

"내가 그런 소리를 했던가?"

김상식 기자가 고개를 갸웃거렸다. 잘나가는 강동원에게 조언을 빙자한 쓴소리를 한 기억이 나지 않았던 것이다.

그러나 강동원도 더 이상은 자세히 말해줄 수가 없었다. 그렇다고 과거로 돌아오기 전 슬럼프가 찾아왔을 때 들은 이야기라고 사실대로 털어놓을 수도 없는 노릇이었다.

"참, 그건 그렇고 너 이번 황금사자기가 끝이 나면 1차 지명 발표 있는 거 알지?"

담배 한 대가 새까맣게 타들어 가자 김상식 기자가 슬그머니 화제를 돌렸다.

2016년 프로야구 1차 지명 발표는 황금사자기 대회가 끝난 직후로 예정되어 있었다.

프로를 지망하는 고교 야구 선수라면 누구나 관심을 가질 수밖에 없었다.

"항간의 소문으로는 넌 이미 자이언츠가 1차 지명하겠다고 선언했다던데. 뭐 들은 거라도 있어?"

김상식 기자가 떠보듯 말했다. 공식 발표까지는 며칠 남았지만 미리 당사자의 멘트를 따서 나쁠 것도 없었다.

"아, 네. 뭐……. 저도 코치님들이 하시는 말씀 얼핏 듣긴 했어요."

강동원은 살짝 멋쩍은 표정을 지었다.

"1차 지명이 확정적인데 기분이 어때?"

"아직 확정된 것도 아니고……. 잘 모르겠어요. 그리고 그냥 소문으로 끝날 수도 있으니까요."

강동원은 애써 침착하게 대답했다. 하지만 그도 내심 자이언츠에서 뽑아줄 것이라고 기대하고 있었다.

그리고 만약 자이언츠가 이번에도 자신을 1차 지명으로 뽑아준다면 강동원은 과거의 빚을 갚을 용의가 있었다.

그 과거란 이미 사라져 버렸겠지만 그래도 자이언츠 유니폼을 입고 강동열 못지않게 활약해 보고 싶었다.

하지만 이 같은 속내를 먼저 입 밖으로 낼 수는 없었다.

만에 하나 자이언츠가 아니라 다른 팀에 입단하게 될 상황도 염두에 두어야 했다.

"알겠다. 어쨌든 발표 나고 다시 얘기하자."

"네, 그럼 먼저 가 보겠습니다."

"그래, 잘 가고. 조만간 또 보자."

강동원은 인사를 하고 학교 버스가 있는 곳으로 걸어갔다. 김상식 기자는 그런 강동원을 바라보다가 어딘가로 전화를 넣었다.

"어, 난데. 어떻게 됐어?"

김상식 기자는 통화를 하는 중간 내내 심각한 표정을 지우지 않았다.

"정말이야? 자이언츠가?"

무슨 얘기를 들었는지 김상식 기자가 놀란 표정이 되었다.

"확실한 정보야? 알았어. 내가 그리 갈게."

김상식 기자는 급히 전화를 끊고 가방을 챙겨 어딘가로 부랴부랴 뛰어갔다.

5

황금 사자기 결승전이 치러진 다음 날, 강동원은 어디 나가지 않고 스포츠 TV켰다.

오늘은 2015년 신인 드래프트 1차 지명 중계가 있는 날이었다. 1차 지명은 각 구단마다 자신의 연고지 학교를 통틀어 단 1명만 선발할 수 있었다.

부산 지역에 연고를 둔 해명 고등학교는 부산 자이언츠의 1차 지명 대상 고등학교였다.

강동원은 여유로운 얼굴로 TV를 바라봤다. 그리고 자이언츠 1차 지명 발표가 나오길 기다렸다.

그런데…….

[이번 자이언츠 1차 지명 선수는 해명 대학교 우완 투수 강찬식 선수.]

순간 장내가 웅성거렸다.

모두들 자이언츠에서 해명 고등학교의 강동원을 1차 지명
할 것이라고 예상을 했었다.

솔직히 자이언츠의 연고 학교 지명 대상자들 중 강동원 이
외에는 적임자가 없었다.

강찬식도 좋은 투수이긴 하지만 강동원이 보여준 것에 비
하면 1차 지명을 받기 어려운 상황이었다.

그런데 뜻밖의 결과가 나와 버렸다.

'강찬식이라니……'

강동원도 눈을 크게 떴다. 원래대로라면 당연히 자신이
1차 지명이 되었어야 했다. 그런데 TV 속에서는 정작 다른
이름이 들려오고 있었다.

"내가 잘못 들었나? 그래, 잘못 들었을 거야."

강동원은 애써 고개를 흔들며 컴퓨터 앞에 앉았다. 그리고
다급히 기사를 확인했다.

하지만 1차 지명자 이름은 달라지지 않았다.

[해명 대학교 4학년 강찬식]

"바, 바뀌었어……."

강동원은 허탈한 마음을 감추지 못했다. 초점 잃은 시선은

한동안 모니터에서 떠날 줄 몰랐다.

과거대로라면 강동원이 1차 지명을 받아야 했다. 강찬식은 나중에 드래프트를 통해 2차 1지명으로 자이언츠 유니폼을 입었다.

그런데 그 결과가 뒤바뀌었다. 과거보다 지금 현재의 강동원이 훨씬 더 잘 던지고 있는데도 말이다.

그때였다.

지이잉. 지이잉.

침대 쪽에서 핸드폰이 몸부림을 치기 시작했다.

강동원은 애써 전화를 무시했다. 솔직히 말해 지금은 누군가와 통화를 할 기분이 아니었다.

하지만 전화기는 쉴 새 없이 울어댔다. 강동원에게 긴히 할 이야기라도 있는 것처럼 말이다.

"후우……."

강동원은 마지못해 핸드폰을 들었다. 액정 화면에는 모르는 전화번호가 찍혀 있었다.

"누구지?"

잠시 고심하던 강동원이 통화 버튼을 눌렀다. 그러자 수화기 너머로 낯익은 목소리가 들려왔다.

ㅡ동원아! 왜 이렇게 통화가 안 돼? 지금 전화 못 받니?

"누구세요?"

─아, 내 번호인 줄 몰랐냐? 나야, 나. 김상식 기자야.

"아, 김 기자님."

김상식이라는 말에 강동원도 눈빛이 달라졌다. 그렇지 않아도 김상식에게 어떻게 된 영문인지 물어보고 싶었다.

그러자 김상식 기자가 기다렸다는 듯이 말을 이었다.

─결과 듣고 많이 놀랐지?

"아, 네. 조금요."

─솔직히 너도 어느 정도 기대하고 있었을 텐데 아쉽게 됐다. 나도 지난번에 자이언츠가 강찬식을 찍을지도 모른다는 이야기 듣고 설마 했었는데 이렇게 되어서 정말 유감이야.

김상식 기자는 강동원의 팬인 동시에 자이언츠의 열성 팬이었다. 강동원을 좋아하는 이유도 자신의 우상인 최동원과 이름은 물론 투구 스타일이 닮았기 때문이다.

그래서 김상식 기자는 강동원이 꼭 자이언츠에 입단해 제 2의 최동원으로 활약해 주길 바랐다. 그래서 최동원처럼 자이언츠를 한국시리즈 우승으로 이끌어주길 희망했다.

강동원을 만날 때마다 김상식 기자가 일부러 자이언츠 쪽 이야기를 흘린 것도 강동원이 딴 맘 먹지 못하게 하기 위해서였다.

정말로 메이저리그에 진출한다면 모르겠지만 적어도 2차 지명에서 다른 구단에게 강동원을 빼앗기는 일은 일어나지 않길 바랐다.

그런데 정작 자이언츠가 강동원의 뒤통수를 쳐 버렸으니 김상식 기자도 실망감을 감추지 못했다.

―일이 이렇게 되어서 내가 너한테 염치가 없다.

"아니에요. 김 기자님이 왜요."

―며칠 전에 그런 헛소문을 들었을 때 자이언츠를 찾아가서 따지기라도 했어야 했는데 내가 너무 안이했어. 솔직히 자이언츠가 미치지 않고서야 널 놓칠 거라고는 생각도 하지 않았거든.

"후우……. 어쩔 수 없죠."

―그래도 이건 말해줘야 할 것 같아서 전화했다.

"……?"

―너 말야. 정말 메이저리그에 진출할 생각이 있는 거니?

"그게 무슨 말씀이세요?"

―이 바닥에 갑자기 이상한 소문이 나돌아서 말이야. 메이저리그 팀 중에 상당수가 너한테 관심을 보인다더라. 물론 너야 메이저리그에 가서도 충분히 통할 만한 재능이지만 솔직히 요즘 고교 졸업생이 곧바로 메이저리그 가는 경우는 거의 없었잖아. 그런데 너에 대해 관심을 갖는 메이저리그 구단이 많아지니 자이언츠가 부담스러웠나 봐.

"제가 계약하지 않고 메이저리그에 갈까 봐요?"

─그래, 너도 알다시피 1차 지명은 무조건 안전빵으로 가는 건데 계약 못 하면 꽝이잖아. 그래서 일단 강찬식으로 간 것 같아. 그러니까 너무 서운해하지 말라고.

김상식 기자는 자이언츠를 대신해 나름 그럴듯한 핑계를 댔다. 물론 강동원을 향한 메이저리그 스카우터들의 관심이 커진 건 농담이 아니었다.

올 초까지만 해도 많아야 스몰 마켓 두세 곳 정도에서 얼굴을 들이밀었는데 봉황기 이후로는 빅 마켓 구단 쪽 스카우터들까지 얼굴 도장을 찍기 시작했다.

만에 하나 빅 마켓 구단에서 강동원에게 거액을 제안한다면 자이언츠가 총알 싸움에서 밀릴 수도 있었다.

그러나 이미 자이언츠 구단을 한 차례 겪은 강동원은 김상식 기자가 미처 말하지 못한 속사정을 알아채 버렸다.

'그러니까 결국…… 나한테 많은 돈을 주고 싶지 않았다는 이야기네.'

강동원은 지금까지 메이저리그에 진출하겠다고 선언한 적이 단 한 번도 없었다.

물론 프로에서 좋은 성적을 거둔 뒤 류현진처럼 해외 진출 자격을 얻어 메이저리그로 가고 싶다는 꿈은 있었다. 하지만 그건 야구 좀 한다는 모든 유망주가 꿈꾸는 미래였다.

만약에 자이언츠가 1차 지명을 한 뒤에 거절할 수 없는 조건을 제안한다면? 강동원은 군말 없이 받아들였을 것이다.

설사 기대에 조금 못 미치더라도 과거에 진 빚을 갚는 마음으로 자이언츠에 입단할 생각도 가지고 있었다.

그런데 찔러보지도 않고 메이저리그 핑계를 대가며 지레 포기하다니. 이건 결국 돈 좀 아껴보겠다는 속셈이나 다름없었다.

1차 지명자가 받는 계약금은 2차 지명자들에게는 하나의 기준선이 될 수 있었다.

자이언츠 입장에서는 메이저리그 구단들과 경쟁하며 강동원에게 거액을 안겨줬다가 다른 지명자들에게 시달리느니 차라리 적정 가격에 후려칠 수 있는 강찬식을 선택한 게 낫다고 판단한 모양이었다.

게다가 강찬식에게 평범한 계약금을 안겨준 뒤 2라운드 1차로 강동원을 지명한다면 생각보다 저렴한 계약금으로 강동원을 잡을 수 있다는 계산도 깔려 있었을 것이다.

'하아, 돈 안 쓴다고 그렇게 욕을 먹어놓고······.'

강동원은 그저 할 말이 없었다. 차라리 부상의 위험성이나 실력 부족을 언급했다면 그러려니 했겠지만 입 밖에 내지도 않은 메이저리그 타령은 들어줄 수가 없었다.

─아, 동원아. 잠깐만. 다른 곳에서 전화 온다. 내가 이것만 받고 다시 전화할게. 내 번호 저장해 놓고. 알았지?

때마침 김상식 기자도 전화를 끊으려 했다.

"네, 알겠습니다."

강동원은 미련 없이 통화 종료 버튼을 눌렀다. 그리고 침대에 벌러덩 드러누웠다.

"진짜 뭐 얼마나 줄 생각이었는데?"

강동원이 신경질적으로 중얼거렸다. 이미 지난 일이지만 생각하면 할수록 화가 났다.

한편으로는 기운이 빠졌다.

"젠장……. 이번엔 잘해볼 생각이었는데……."

이번에야말로 진짜 최동원 선배의 이름에 누를 끼치지 않을 자신이 있었는데. 고작 돈 몇 푼에 자이언츠의 뒤통수를 맞으니 만사가 귀찮아졌다.

그때였다.

지이잉. 지이잉.

또다시 전화기가 울렸다.

"응? 김 기자님인가?"

강동원이 무의식중에 전화를 받았다. 그런데…….

─강동원 군? 나, 김운식 감독인데 통화 괜찮은가?

생각지도 않았던 목소리가 귓가에 울렸다.

'김운식? 누구지?'

강동원은 처음에 고개를 갸웃거렸다. 딴 생각에 빠져 있던 터라 김운식이라는 이름을 곧장 알아듣지 못한 것이다.

하지만 그것도 잠시.

'아! 청소년 대표 팀!'

불현듯 강동원의 머릿속으로 누군가가 스쳐 지났다.

명장 김운식.

그는 프로야구계에서도 감독 교체 때마다 언급되는 유명한 감독이었다.

2년 전 건강상의 문제로 일선에서 물러났지만 얼마 전 협회의 간절한 요청을 받아들여 현장에 복귀한, 세계 청소년 야구대표팀의 사령탑이었다.

그런 김운식 감독이 자신에게 전화를 걸다니?

'대체 왜?'

강동원은 다시 미간을 찌푸렸다. 이제 와 김운식 감독에게 전화가 올 이유가 없었기 때문이다.

어쩌면 누군가 장난을 치는 것일지도 모른다는 의심도 들었다. 만약 그렇다면 적당히 받아주다가 확 엎어버릴 생각이었다.

"네, 안녕하세요."

강동원이 차분하게 입을 열었다. 그러자 또다시 김운식 감독의 목소리가 들려왔다.

-강동원 군 맞지? 해명 고등학교 재학 중인.

"네, 제가 강동원입니다. 그런데 무슨 일이십니까?"

―허허. 내 전화가 별로 달갑지 않은 모양이로군. 그럼 단 독직입적으로 말하겠네. 자네, 세계 청소년 야구 선수권에 함께하지 않겠나?

그 말을 듣는 순간 강동원은 다시 멍한 상태가 되고 말 았다.

'세계 청소년…… 야구 선수권 대회라고?'

강동원이 알기로 선수 선발은 진즉에 끝이 난 지 오래 였다. 공식 발표가 된 건 아니지만 내부적으로 뽑을 선수는 전부 뽑혔다고 알려져 있었다.

하지만 강동원은 예전에도 다시 과거로 돌아온 지금도 세 계 청소년 야구대표팀에 뽑혔다는 전화를 받지 못했다.

그런데 뜬금없이 함께하자니. 진짜 김운식 감독인지 헷갈 릴 지경이었다.

그러자 김운식 감독이 대놓고 말했다.

―이럴 게 아니라 만나서 이야기하지.

"마, 만나서요?"

―지금 부산이네만 자네 집 쪽이 어디인가? 대충 주소를 알려주면 좋겠는데.

"아, 그러니까……."

잠시 고심하던 강동원이 슬며시 몸을 일으켰다. 그러고는 냉큼 옷을 갈아입기 시작했다.

6

준비를 끝마친 강동원은 허겁지겁 집을 나섰다.

강동원의 발걸음이 향한 곳은 집근처 커피숍이었다. 그곳으로 가는 내내 강동원의 심장은 심하게 요동을 쳤다.

"정말일까? 정말…… 김운식 감독님께서 날 만나러 오신 걸까?"

김운식 감독의 전화를 받고 나가면서도 강동원은 긴가민가했다.

무엇보다 김운식 감독이 정말 자신을 만나기 위해 이곳 부산까지 내려왔다는 게 아직까지 믿겨지지가 않았다.

강동원은 한때 김운식 감독의 지도를 받고 싶다는 꿈을 가졌다. 김운식 감독은 2년 전까지 강호 충은 고등학교의 감독으로 맹활약했다.

하지만 강동원이 중학교를 졸업하던 그해 지병을 이유로 감독직을 후배에게 물려주고 조용히 은퇴를 하였다.

그러나 김운식 감독의 은퇴는 그리 오래가지 않았다. 세계 청소년 야구 선수권 대회 우승을 바라는 대한 야구협회(KBA)의 간곡한 청으로 이번에 어렵사리 대표 팀 감독을 승낙한 것이다.

아마 야구계는 김운식 감독의 복귀를 열렬히 환영했다. 하지만 강동원은 김운식 감독이 중학교 시절처럼 좋지만은 않았다.

"예전에도 세계 청소년 대표 팀 감독이었지. 그리고 그때는 나를 대놓고 깠고."

정신없이 걸음을 옮기던 강동원이 이내 걸음을 멈췄다. 이미 사라지고 없는 과거이긴 했지만 아직 흐릿하게 남아 있는 기억상으로 김운식 감독은 강동원의 선발을 대놓고 거절했다.

그런데 이렇게 만나도 되는 것일까?

강동원은 만감이 교차했다.

그때였다.

지이잉.

손에 쥔 핸드폰이 요란스럽게 울어댔다.

핸드폰을 확인해 보니 낯선 번호로 문자가 와 있었다. 스팸인가 싶었지만 자세히 읽어보니 절로 눈이 휘둥그레졌다.

─강동원 선수. 나 박준태라고 해. 누군지 알지? 자이언츠에서 뛰었으니까. 내가 감독님 모시고 커피숍에 와 있어. 그러니까 너무 서두르지 말고 천천히 와도 괜찮아. 그렇다고

너무 여유 부리지는 말고. 알았지?

박준태라고 주장하는 발신인은 혼란스러울 강동원을 위해
친절하게 사진까지 한 장 첨부해서 보내왔다.

사진 속에는 김운식 감독과 박준채가 나란히 앉아 있었다.
그리고 사진 너머로는 카페 이름이 선명하게 찍혀 있었다.

"박준태 선배님까지 오셨다면 어쩔 수 없잖아."

잠시 멈춰 섰던 강동원의 발걸음이 다시 빨라졌다. 그리고
얼마 지나지 않아 커피숍 앞에 도착할 수 있었다.

"후우······."

문 앞 유리를 보며 옷매무새를 다듬은 뒤 강동원이 조심스
럽게 문을 열었다.

따랑ㅡ!

문에 달린 풍경 소리가 귀를 간질였다. 커피숍 안에 들어
가자 저만치서 누군가가 손을 들며 자신의 이름을 불렀다.

"강동원 선수! 여기!"

자이언츠 2군 감독에서 국가대표팀 수석 코치로 합류하게
된 박준태가 환한 얼굴로 손을 흔들었다.

강동원은 냉큼 걸음을 옮겨 박준태 코치 쪽으로 다가갔다.

"안녕하세요, 코치님! 늦어서 죄송합니다."

"그래, 반갑데이. 그리고 인사하그라. 이분이 바로 김운식

감독님이시다."

박준태 코치가 곧바로 김운식 감독을 소개했다. 자연스럽게 강동원의 시선이 박준태 코치에게 가려졌던 김운식 감독에게 향했다.

보살이라는 별명답게 김운식 감독의 첫인상은 푸근한 할아버지 같았다. 흰 머리카락이 군데군데 있고 인자한 얼굴에 주름이 옅게 내려 앉아 있었다.

"동원 군? 김운식이네."

김운식 감독이 먼저 손을 내밀었다.

"안녕하세요, 감독님! 강동원입니다."

강동원이 냉큼 두 손을 뻗어 김운식 감독의 손을 잡았다. 자연스레 김운식 감독의 입가에도 웃음이 번졌다.

"박 코치처럼 사투리를 쓸 줄 알았는데 표준어가 자연스러운데?"

"아, 인마야는 원래 서울 태생입니다. 중학교 댕길 때까진 서울에 있다가 고등학교 1학년 때 부산으로 전학을 왔십니다."

"어쨌든 잘 왔네. 반가워. 일단 좀 앉지."

"그래, 동원아. 그 짝 자리에 앉아라."

박준태 코치의 권유에 따라 강동원은 맞은편에 앉았다. 김운식 감독과 마주한다는 게 부담스럽긴 했지만 다른 자리가 없었다.

김운식 감독은 강동원이 앉기가 무섭게 매서운 눈으로 강동원의 온몸을 샅샅이 훑기 시작했다. 그러는 동안 박준태 코치가 살갑게 말을 걸었다.

"동원아, 니 뭐 마실래?"

"주, 주스로 할게요."

"주스? 그거 하나면 되겠나?"

"네, 주스만 마시면 됩니다."

"그럼 알았다. 여기요~ 주스 하나 주세요."

박준태 코치가 서빙 하는 친구에게 소리쳤다. 요새는 테이크아웃이 일반적이었지만 이 커피숍에는 아직도 종업원이 직접 주문을 받았다.

"여기 자주 오나?"

"자주는 아니고 가끔이요."

"근데 와 여기서 보자고 했는데? 네가 큰 커피숍이라고 해서 무턱대고 왔는데 하도 쬐그마해서 한참 찾았다."

"아……. 그러셨어요? 죄송합니다."

"하하. 농담이다, 농담."

박준태 코치가 강동원의 긴장을 풀어주는 사이 김운식 감독도 강동원에 대한 첫인상 평가를 마쳤다.

"크흠."

김운식 감독이 신호를 주듯 나직이 헛기침을 내뱉었다. 그
러자 박준태 코치가 냉큼 고개를 숙였다.

"그럼 감독님, 얘기 나누시죠."

김운식 감독이 고맙다며 웃어 보였다. 그러고는 강동원을
향해 입을 열었다.

"어깨는 좀 괜찮나?"

"네, 괜찮습니다."

"부상을 당했다고 들었는데. 관리는 잘 하고 있고?"

"아, 봉황기 때 공을 많이 던져서 피곤하긴 했는데 지금은
괜찮습니다."

"흐음, 그래? 요즘도 병원에 다니는 걸로 아는데……."

김운식 감독이 슬쩍 말끝을 흐렸다. 그러자 강동원이 움찔
놀라는 표정을 지었다.

자신이 병원에 다닌다는 사실은 오직 박영태 감독과 한문
혁만 아는 일이었다. 그마저도 박영태 감독은 관리 차원에서
다니는 것 정도로 이해하고 있었다.

그런데 그 사실을 김운식 감독이 알고 있을 줄은 꿈에도
예상하지 못했다.

"그게…… 봉황기 이후로 어깨가 뻐근해서 치료를 좀 받았
습니다."

"의사 소견은 어땠는데?"

"단순 염증이라고 충분히 휴식을 취하면 괜찮다고 했습니다."

"확실한 거지?"

"네, 그리고 어깨 강화 훈련도 꾸준히 하고 있고요."

강동원이 숨김없이 대답했다. 괜히 거짓말을 늘어놓아 봐야 김운식 감독을 속이기 어렵다는 생각이 들었다.

그러자 김운식 감독이 흐뭇한 표정으로 고개를 끄덕였다.

"그럼 다행이고. 그보다 세계 청소년 선수권에 대해서 관심은 있나?"

김운식 감독이 슬그머니 본론을 꺼냈다.

세계 청소년 야구 선수권 대회.

전 세계 18세 이하 대표 선수들이 한자리에 모여 기량을 겨루는, 아마 야구를 대표하는 국가 대항전이었다.

"관심이 없다면…… 솔직히 거짓말이겠죠."

강동원이 멋쩍게 웃어 보였다. 고교 야구에서 공 좀 던진다는 투수들은 하나같이 메이저리거를 꿈꾸게 마련이다.

그리고 메이저리거가 되는 가장 빠른 방법은 세계 청소년 야구 선수권 대회 같은 큰 대회에서 맹활약하며 메이저리그 스카우터들의 눈에 띄는 것이었다.

그러자 김운식 감독이 웃으며 말을 받았다.

"전화로도 얘기했지만 난 동원 군, 자네가 대표 팀에 합류해 줬으면 하네."

"제가요?"

"왜? 싫은가?"

"싫은 건 아니지만…… 아무런 언질을 받지 못해서요."

강동원이 은연중에 협회의 탁상행정에 대한 불만을 털어
놓았다. 솔직히 올해 졸업하는 3학년 졸업생들 중 강동원
보다 임팩트 있는 활약을 펼친 선수는 드물었다.

좋은 학교에 소속되어 준수한 성적을 거둔 투수는 많지만
강동원처럼 준결승전에서 역전 안타를 때려내고 결승전에서
는 노히트노런을 달성해 팀을 우승으로 이끈 선수는 단 한
명도 없었다.

그런데도 협회 관계자들 중 누구도 강동원의 대표 선발을
언급하지 않았다.

박영태 감독이 노파심에 협회에 전화를 걸어 확인해 보기
까지 했지만 강동원의 선발 계획은 없다는 말만 들어야
했다.

그래서 강동원도 예전처럼 이번에도 세계 청소년 야구 선
수권 대회와는 인연이 없다며 웃어넘겼다.

그런데 이제 와서 자신의 합류를 종용하고 있으니 왠지 다
른 누군가의 대타가 된 것 같은 찜찜한 기분을 떨쳐 내기 어
려웠다.

그러자 김운식 감독이 협회를 대신해 강동원을 달랬다.

"하하. 무슨 소리인지 알겠네. 하지만 오해는 말게. 선수 선발이 좀 늦어진 거지 자네를 배제하고 논의를 했던 게 아니니까."

"아……."

"물론 협회에서 편의상 수도권 선수들 위주로 1차 명단을 뽑아놓긴 했지. 그건 이미 기사로 나간 적이 있으니까. 하지만 내가 거부했네. 그리고 내 눈으로 직접 선수들을 확인해 보겠다고 했어. 그리고 곧장 부산으로 내려온 거고."

"고, 곧장이요?"

예상치 못한 말에 강동원이 눈을 치떴다. 그러자 옆에 앉아 있던 박준태 코치가 슬그머니 말을 보탰다.

"동원아, 감독님은 니를 1번으로 생각하셨다는 거다."

"아……!"

그제야 강동원은 자신이 너무 과거에 집착하고 있었다는 생각이 들었다.

봉황기에서 노히트노런을 달성하면서 많은 게 달라졌는데 뭐든 과거의 기억과 정보를 끄집어 내 판별하려 들었던 것 같았다.

물론 김운식 감독의 말을 곧이곧대로 받아들이긴 어려웠다. 어쩌면 강동원에게 일부러 듣기 좋은 말을 해준 것

인지도 몰랐다.

하지만 그것만으로도 강동원은 과거의 아쉬움이 다소 풀렸다.

'결국 예전에 혹평을 들었던 것도 내가 야구를 못했기 때문이란 소리로군.'

강동원이 묵묵히 고개를 주억거렸다. 이런 상황이라면 김운식 감독의 권유를 마다할 이유가 없었다. 야구를 잘해서 뽑겠다는데 기분 좋게 받아들이는 게 옳았다.

다만 걱정은 세계 청소년 야구 선수권 대회에 참가할 경우 해명 고등학교를 당분간 떠나 있어야 한다는 점이다.

"무슨 문제라도 있나? 아님 어깨 말고 다른 곳에 부상이라도 당했나?"

강동원의 대답이 늦어지자 김운식 감독이 걱정스런 표정을 지었다.

"아, 아닙니다. 어깨도 괜찮고 부상도 없습니다."

강동원이 다급히 고개를 저었다. 그러자 박준태 코치가 답답한 듯 끼어들었다.

"그럼 뭐가 문젠데?"

"사실 어제까지만 해도 대통령배를 준비하고 있었거든요. 이번에 세계 청소년 야구 선수권에 나가면 대통령배에 참가하지 못하니까…… 그 부분이 좀 마음에 걸립니다."

일본 도쿄에서 열리는 세계 청소년 야구 선수권 대회는 7월 초부터 중순까지 치러진다. 그리고 또 다른 전국 대회인 대통령배는 7월 중순부터 시작이었다.

일정 때문에 세계 청소년 선수권에 나가는 선수는 대통령배에 참가하지 못하는 것으로 이미 이야기가 끝난 상태였다.

그래서인지 선수 차출이 많은 몇몇 학교에서 협조에 난색을 보인다는 소문이 나돌기까지 했다.

바로 어제까지만 해도 한문혁을 비롯한 3학년들과 대통령배 우승을 노리자고 파이팅을 외쳤는데 이제 와 대표 팀에 선발됐다는 이유로 쏙 빠지기란 말처럼 쉬운 일이 아니었다.

게다가 해명 고등학교 입장에서 강동원의 비중은 절대적이었다. 강동원이 대표 팀에 선발되어 빠진다면 우승은커녕 16강 이상의 성적을 기대하기조차 쉽지 않은 상황이었다.

김운식 감독도 해명 고등학교의 처지를 모르지 않았다. 하지만 1선발감으로 점찍어 놓은 강동원을 고작 그런 이유로 놓친다면 최강의 전력으로 우승을 노리겠다던 당초 계획에 차질이 빚어질 수밖에 없었다.

"동원아, 아무리 그래도 대통령배보다는 세계 청소년 야구 선수권 대회가 먼저지. 그것도 모르나."

보다 못한 박준태 코치가 강동원에게 눈치를 줬다. 하지만 정작 김운식 감독은 에이스로서 책임감을 느끼는 강동원이 마음에 들었다.

그래서 어떻게든 대표 팀에 합류시키고 싶었다.

'공만 잘 던지는 줄 알았더니 제법 의리도 있군그래. 확실히 이런 녀석들이 애국심도 있으니까. 직접 부산까지 내려오길 잘한 것 같군그래.'

김운식 감독이 가볍게 미소를 그렸다. 그러고는 강동원을 위로하듯 말을 건넸다.

"동원 군, 자네가 무슨 마음인지는 충분히 알고 있네. 하지만 나는 소속된 학교보다는 국가가 더 우선이어야 한다고 생각하네. 해명 고등학교는 대한민국의 고등학교 아닌가? 그러니 동료들을 배신하는 것 같다는 생각은 할 필요가 없네. 반대로 동료들을 대신해 나가는 거라고 생각하게. 국가 대표란 아무에게나 허락된 자리가 아니니까 말일세."

"아, 네."

강동원이 이내 고개를 주억거렸다. 솔직히 학교보다 국가가 우선이라는 김운식 감독의 말이 틀린 건 아니었다.

만약 정상적인 루트를 통해 국가 대표로 선발됐다면 강동원도 군말 없이 고개를 끄덕였을 것이다.

그러나 김운식 감독은 세계 청소년 야구 선수권 대회를 포기하고 대통령배를 준비하던 시점에 찾아왔다.

대통령배 성적에 따라 해명 고등학교 동료들의 진로가 결정될 가능성이 높은 상황에서 갑작스러운 대표 팀 합류 요청이 달갑기만 할 수는 없었다.

그리고 그 점에 대해서는 김운식 감독도 미안한 마음을 가지고 있었다.

애당초 선발이 확정되다시피 했던 명단을 백지화하고 직접 움직이고 있으니 협회는 물론이고 일선 학교들의 불만도 상당할 수밖에 없었다.

그럼에도 이런 파격적인 결정을 내린 이유는 간단했다.

우승.

세계 청소년 야구 선수권 대회에서 우승을 하기 위해서였다.

"동원아, 바쁘신 감독님께서 괜히 여기까지 내려온 줄 아나. 니가 그만큼 필요해서 내려오신 거다. 니 증말 모르겠나."

박준태 코치가 다시 한번 감정적으로 호소했다. 만약 자신이었다면 군말 없이 넙죽 받아들였을 텐데 정작 강동원은 뜸을 들이고 있으니 답답한 모양이었다.

그러자 김운식 감독이 손을 뻗어 박준태 코치를 만류했다. 선배로서 후배를 위해 진심으로 충고하는 것까지는 좋지만 결국 선택은 강동원의 몫이었다.

"나는 자네 결정을 존중할 생각이야. 자네가 정 학교가 마음에 걸린다면 어쩔 수 없는 일이겠지. 하지만 이것 하나만 알아주게. 내가 이렇게 자네를 만나러 온 것은 이번 세계 청소년 야구 선수권 대회에서 우승을 하고 싶었기 때문이야. 그리고 나는 자네가 합류해 준다면 우승도 충분히 가능하다고 믿고 있어."

김운식 감독이 화제를 돌려 강동원을 설득했다. 우승을 목표로 한다면 강동원도 마음이 흔들릴 거라 여겼다.

하지만 강동원이 기억하는 세계 청소년 야구 선수권 대회의 결과는 달랐다.

종합 3위.

예선 라운드에서는 5전 전승을 거두어 우승 후보로 꼽히기까지 했지만 슈퍼 라운드에서 미국과 일본에 연달아 패배하며 결승전 진출에 실패하고 말았다.

그런데 슈퍼 라운드에 들어와서 미국과 일본에 패해 결승 진출에 실패를 했다.

다행히 호주를 꺾고 3위에 올라 동메달을 차지하긴 했지만 애당초 우승을 자신했던 청소년 대표 팀 입장에서는 실패한 대회나 다름없었다.

비록 사라진 과거이긴 하지만 강동원은 그 누구보다 한국 청소년 대표 팀의 수준을 알고 있었다.

그렇다 보니 자신이 합류한다고 해서 그 결과가 크게 달라질 것 같진 않았다.

그러나 김운식 감독의 표정에는 자신감이 넘쳐 있었다. 자신이 직접 나선 이상 우승 트로피를 들어 올리는 건 시간문제라고 여기는 것 같았다.

사실 한국 청소년 야구대표팀은 2008년 이후로 세계 청소년 야구 대회에서 한 번도 우승을 하지 못하고 있었다.

그래서 협회에서 김운식 감독을 삼고초려 끝에 설득에 감독 자리에 앉혔다.

김운식 감독이 협회의 선발 명단을 백지화시킬 때 군말 없이 따라줬던 것도 김운식 감독이라면 우승 트로피를 가지고 돌아올 거란 믿음 때문이었다.

'자신만만하신 건 좋은데…… 솔직히 불안하네요.'

강동원은 애써 입 밖으로 나오려는 말을 되삼켰다. 그렇다고 자신이 세계 청소년 야구 선수권 대회의 결과를 알고 있다고 사실대로 밝힐 수는 없는 일이었다.

대신 예전부터 궁금했던 걸 물었다.

"제가…… 그렇게 큰 무대에서 통할까요?"

강동원이 김운식 감독을 똑바로 바라봤다. 그러자 김운식 감독이 당연하다며 고개를 끄덕였다.

"지난 봉황기 대회 결승전을 몇 번이고 돌려 봤는지 모른다. 단언하건데 그때 너의 공은 정말 최고였다."

"하모, 동원이 니 공이라면 충분히 세계에 통할 수 있다.

그러니 같이 하자."

박준태 코치도 씩 웃으며 한마디 거들었다. 강동원이 비로소 마음의 결정을 내린 거라 판단한 것이다.

하지만 김운식 감독의 칭찬에도 강동원은 입안이 쓰기만 했다.

과거 김운식 감독은 기자들과의 인터뷰 때 강동원을 뽑지 않은 이유를 알려 달라는 질문을 받은 적이 있었다.

그때 김운식 감독이 한 말은 강동원의 공은 세계무대에서 통하긴 어려울 것 같다고 대답했다.

비록 3학년 내내 어깨 부상으로 인한 부침에 시달리긴 했지만 그래도 경상도 지역 최고 투수 유망주 중 한 명으로 꼽히던 강동원에게는 치욕적인 평가나 다름없었다.

그런데 그런 김운식 감독이 지금은 세계무대에서 충분히 통할 실력이라고 칭찬을 해주고 있었다.

비록 과거로 돌아오면서 많은 게 달라지긴 했다지만 기분이 그다지 좋지는 않았다.

그렇다고 이미 사라진 과거를 가지고 따질 수도 없는 노릇이었다.

"일단 생각해 보겠습니다."

강동원이 답변을 보류했다. 김운식 감독이 직접 찾아와 준 건 고마운 일이지만 혼자서 내릴 결정은 아니었다. 해명 고등학교와도 상의를 해볼 필요가 있었다.

하지만 김운식 감독은 강동원이 이미 반쯤 넘어왔다고 여겼다.

"알겠네. 대신 선수 구성을 해야 하니 내일 모레까지는 답변을 주게. 서울 가기 전에 좋은 소식을 들었으면 좋겠네."

김운식 감독이 나직한 목소리로 말했다. 그러고는 먼저 가봐도 좋다고 덧붙였다.

"알겠습니다. 그럼 저 먼저 들어가 보겠습니다."

"알겠네. 조심히 들어가게."

김운식 감독과 박준태 코치에게 인사를 한 뒤 강동원은 자리에서 일어났다.

그리고 천천히 카페 문을 열려는데 박준태 코치가 다급히 뛰어나와 한마디 건넸다.

"동원아이, 또 볼 거제?"

"아, 네."

"진짜 꼭 와야 한다. 내는 니랑 진짜로 같이 했으믄 좋겠다. 농담이 아니라 니 공이라면 진짜로 세계에 통한다니까."

박준태 코치가 강동원의 어깨를 감싸며 말했다. 실제로는 처음 만나는 사이였지만 그 간절함이 강동원의 마음을 강하게 흔들어 놓았다.

"최대한 긍정적으로 생각해 보겠습니다."

강동원이 애써 웃으며 커피숍을 나섰다.

"동원아, 꼭 또 보제이."

골목길로 사라지는 강동원을 눈으로 배웅하며 박준태 코치가 아쉬움을 되삼켰다.

9장
대표 선발

1

　복잡한 마음으로 집에 도착한 강동원이 현관문을 열고 들어왔다. 문 앞에는 어머니의 신발이 놓여 있었다.

　"엄마, 나 왔어요."

　심란한 마음을 달랠 겸 강동원은 어머니를 찾았다. 하지만 어머니의 목소리는 들리지 않았다.

　"어디 나가셨나?"

　강동원은 고개를 갸웃거리며 집 안으로 들어섰다. 그런데 거실에 어머니가 떡 하니 앉아 있었다.

　"엄마는 안에 있으면서 왜 대답을 안 해요."

강동원이 투덜거리며 현관에서 신발을 벗었다.

사실 오늘은 어머니와 모처럼 외식을 하기로 한 날이었다. 어머니는 주말은 물론 공휴일에도 식당 문을 열었다.

그래서 같이 아침을 먹는 것 이외에 오붓하게 식사를 즐길 시간이 없었다.

그런데 어머니가 갑작스럽게 저녁에 갈비를 먹자고 하셨다. 분명 손님들을 통해 1차 지명 소식을 들으신 것이겠지만 강동원은 내색하지 않았다.

그렇게나마 어머니와 오붓하게 저녁을 먹을 수 있다는 게 기분 좋았다.

하지만 강동원이 신발을 벗고 거실에 주저앉을 때까지 어머니는 눈길조차 마주쳐 주지 않았다.

"엄마, 나 왔다니까요."

강동원이 투정 어린 목소리로 말했다. 그러자 어머니가 가운데 손가락을 입에 가져다대더니 손에 든 전화기를 가리켰다.

'보나마나 작은아버지겠지.'

강동원은 살짝 미간을 찌푸렸다. 아니나 다를까. 어머니가 맞장구를 치면서 도련님 축하해요란 말을 전했다.

"동열이 또 상이라도 받았대요?"

강동원이 불만스럽게 입술을 삐죽거렸다.

지난번 봉황기 때는 전화 한 통 없다가 1차 지명이 끝나기가 무섭게 전화를 주는 게 왠지 자신을 약 올리려는 것만 같았다.

그러나 어머니는 언제나처럼 목소리를 낮추며 정중하게 전화를 받았다.

"하아……."

한참을 기다려도 통화가 끝날 기미가 보이지 않자 강동원은 그대로 방에 들어가 옷을 갈아입고 화장실에 들어갔다.

커피숍까지 걸어갔다가 다시 올라오다 보니 등이 축축하게 젖어 있었다.

그런 줄도 모르고 어머니가 나직한 목소리로 말했다.

"동원아, 저녁 나가서 먹는 거 잊지 않았지? 조금만 기다리렴."

강동원이 간단히 샤워를 하고 나왔을 때 어머니는 약속대로 전화를 끊은 상태였다. 다만 뭔가 기분이 좋지 않은지 낯빛이 어두웠다.

"엄마, 잠깐만요. 금방 준비할게요."

강동원은 서둘러 방에 들어가 머리를 말리고 새 옷으로 갈아입었다. 하지만 그때까지도 어머니의 낯빛은 돌아오지 않고 있었다.

"엄마, 어디 편찮으세요?"

"아니, 엄마 괜찮은데?"

"그럼 무슨 일 있어요? 왜요? 작은아버지가 또 뭐라셨는데요?"

"응? 무슨 일은……. 아니야, 아무 일도 없어."

"그런데 엄마 표정이 왜 그래요?"

"내 표정? 아니야, 피곤해서 그런 거야."

대답을 회피하며 어머니가 손거울을 들었다. 그러다 평소보다 굳어진 얼굴을 확인하고는 억지로 입가에 미소를 지으려 했다.

그러자 강동원이 어머니 옆으로 바짝 다가가서 물었다.

"에이. 그러지 말고 말해줘요, 엄마."

"아무 일도 아니라니까 그러네."

"좋은 일이든 나쁜 일이든 제가 다 들어드릴게요. 그러니까 그렇게 속앓이만 하지 마시고 한번 말해보세요."

강동원이 집요하게 설득하자 어머니도 마지못해 입을 열었다.

"동열이가…….

"동열이가 왜요? 또 뭐 했대요?"

"국가 대표가 됐다고 하네."

"네? 동열이가요?"

"그렇다네. 방금 작은아버지에게 전화가 와서 열심히 자랑을 늘어놓더구나."

어머니는 애써 아무렇지 않은 얼굴로 말했다.

남도 아니고 가족으로서 축하해 줘도 모자랄 일로 자신도 모르게 서운해하고 있었으니 괜히 멋쩍어진 것이다.

"그래요? 동열이는 2학년이라서 안 될 줄 알았는데……."

강동원이 의외라며 고개를 갸웃거렸다. 과거에도 동열이는 청소년 국가대표팀에 선발되지 않았다.

실력은 그때도 출중했지만 3학년 우선 선발 원칙상 선발을 시킬 수가 없었다.

그런데 막상 봉황기 MVP를 강동원에게 빼앗긴 이번에는 강동열이 선발됐다.

"원래는 그렇다는데 뭐라더라."

어머니는 작은아버지와 통화 내용의 기억을 더듬으며 천천히 말을 이었다.

"이번에 황금사자기에서 동열이네 학교가 우승을 했다고 하더라. 그때 동열이가 최우수 투수상을 받았는데 아마도 그것 때문에 동열이가 국가 대표 된 것 같다고 하시더라."

어머니가 조심스럽게 강동원의 눈치를 살폈다. 2학년인 강동열이 대회 성적이 좋아 뽑힌 거라면 봉황기 MVP와 최우수 투수상을 받은 강동원도 당연히 뽑혀야 했다.

그런데 정작 강동열만 뽑혔으니 강동원이 충격을 받을지

도 모른다고 여겼다.

"아, 그래요?"

강동원도 살짝 미간을 찌푸렸다. 본래는 내일 박영태 감독을 만나 조언을 구할 생각이었는데 이렇게 되면 아무래도 생각을 달리할 수밖에 없을 것 같았다.

'젠장! 이러면 내가 안 갈 수 없잖아.'

잠시 고심하던 강동원이 어머니를 바라보며 진지한 목소리로 말했다.

"엄마!"

"응? 왜 아들?"

"저 방금 어디서 누구 만나고 온 줄 아세요?"

"누굴 만났는데? 혹시 여자 친구라도 생긴 거니?"

"엄마도 참. 저 오늘 김운식 감독님을 만나고 왔어요."

"김운식 감독? 그 사람이 누구니?"

어머니가 고개를 갸웃하며 물었다.

"그분이 바로 이번 세계 청소년 선수권 대회 감독님이세요. 국가대표팀 감독님이요."

"어머! 정말이니?"

여전히 우울함이 남아 있던 어머니의 표정이 순식간에 바뀌었다. 그러고는 그럴 줄 알았다며 환하게 웃으셨다.

"그러니까 그 김운식 감독님이 정말 널 보러 오신 거니?"

"네, 저하고 같이 세계 청소년 야구 선수권 대회에 나가자고 하시네요."

"그래? 그래서 뭐라고 말씀드렸는데? 한다고 한 거지?"

"아, 그게 조금 더 생각해 보겠다고 했어요."

"아니, 왜? 국가 대표야, 국가 대표. 그걸 왜 마다해?"

순간 어머니의 표정이 다시 굳어졌다. 그러자 강동원이 당황한 듯 말을 얼버무렸다.

"그게 대회도 있고 또 다른 사정도 있어서……."

"다른 사정이라니? 국가 대표보다 중요한 사정이라도 있는 거니? 혹시 어디 아퍼? 병원에 다닌다더니 어깨가 정말로 안 좋은 거야?"

어머니가 걱정스러운 얼굴로 강동원의 어깨를 바라봤다. 쉬쉬한다고 했는데 강동원이 정형외과를 다닌다는 사실을 누군가 어머니에게 일러준 모양이었다.

"아니에요. 어깨는 괜찮아요. 그냥 뭐……."

강동원이 난처한 얼굴이 되었다. 그렇다고 한국이 우승하지 못할 경기라 망설이고 있다는 사실을 털어놓을 수는 없는 노릇이었다.

하지만 아들이 국가 대표가 되길 간절히 바라는 어머니의 얼굴을 보니 강동원도 더는 뜸을 들이지 못할 것 같았다.

"아니에요. 나갈게요. 내일 감독님께 전화해서 한다고 할

게요."

"진짜? 어머나, 어쩜 좋아. 우리 아들이 국가 대표가 되는구나. 가만, 내가 이러고 있을 때가 아니지."

어머니는 부랴부랴 전화기를 들고 어딘가로 전화를 넣었다.

"여보세요? 도련님이세요? 다름이 아니라 우리 동원이도 이번에 국가 대표가 되었어요. 누구더라, 국가 대표 감독님이신 김운식 감독님께서 직접 우리 동원이 만나러 부산까지 내려왔지 뭐예요. 호호호! 네에, 진짜예요. 네에……."

어머니는 통화하는 내내 흥분을 감추지 않았다. 조금 전 통화할 때와는 사뭇 달랐다.

그 모습을 지켜보는 강동원은 저도 모르게 입가에 미소가 번졌다.

그날 저녁.

"우리 동원이, 많이 먹어. 알았지?"

쉴 새 없이 갈비를 구워주시는 어머니를 보며 강동원이 이내 마음을 굳혔다.

'그래, 엄마가 저렇게 좋아하시는데 우승을 못하면 또 어때? 내일 감독님께 잘 말씀드리고 대회 나가자.'

강동원의 젓가락이 부지런히 불판 사이를 오갔다.

그렇게 순식간에 사라지는 고기를 바라보며 어머니가 씁

쓸히 새 고기 덩어리를 불판 위에 올려놓았다.

☙

세계 청소년 야구 대회에 참가하기로 한 강동원은 해명 고등학교 선수들과 일일이 작별 인사를 했다.

본래 강동원은 박영태 감독에게만 인사만 하고 조용히 다녀올 예정이었다.

그런데 어떻게 알았는지 감독실을 나왔을 때 모든 선수가 강동원을 기다리고 있었다.

"뭐야? 연습 안 하고."

"니 대표 팀 합류하는데 연습이 문제가."

"멀리 가는 것도 아닌데 뭘……."

강동원이 우물쭈물하며 말을 얼버무렸다. 그러자 옆으로 다가온 한문혁이 등을 손바닥으로 때렸다.

"잘 갔다 온나!"

"아얏! 아퍼!"

"새끼……."

한문혁의 눈가가 촉촉해 졌다. 다른 선수들도 애써 웃으며 강동원에게 격려의 악수를 건넸다.

선수들의 뒤쪽에 서 있던 코치들의 얼굴에는 아쉬움이 가득했다.

"지금 상황에서는 절대로 보내고 싶지 않았는데……."

현재 해명 고등학교 입장에서는 강동원을 절대 포기할 수가 없었다. 에이스 강동원 없이 대통령배에서 좋은 성적을 내기란 불가능에 가까운 일이었다.

하지만 협회에서 국가대표팀으로 선발됐다는 공문이 내려온 이상 어쩔 수 없었다.

게다가 선수 본인도 참가하고 싶다고 하는 만큼 거부할 명분도 없었다.

그런 코치들의 시선이 느껴진 것일까.

"이럴 때 빠져서 죄송합니다."

강동원이 미안한 얼굴로 고개를 숙였다.

"아니다. 잘 다녀오니라. 그리고 간 김에 꼭 우승해라. 알것제!"

"네, 노력하겠습니다."

"오야, 어여 가 봐라."

"네, 코치님!"

강동원이 인사를 하고 연습장을 빠져나갔다. 연습장 밖에는 후원회장이 강동원을 기다리고 있었다.

"뭐 타고 갈 낀데?"

"기차가 빠를 거 같아요."

"하모. 요새는 기차지. 타라. 역까지 데려다주마."

후원 회장과 함께 부산역에 도착한 강동원은 곧바로 서울로 향하는 티켓을 끊었다. 그리고 몇 시간 지나지 않아 다시 서울로 자리를 옮겼다.

"서울은 여전히 복잡하네."

차편을 살피던 강동원은 택시를 잡았다. 서울 택시비가 장난 아니었지만 후원회장이 급할 때 쓰라며 5만 원짜리 지폐 두 장을 손에 쥐어준 덕분에 택시비는 문제없었다.

"아저씨, 빨리 좀 가주세요."

"하하. 지방에서 왔니?"

"저 서울 사람인데요?"

"음? 그런데 서울에서 빨리 가 달란 소리를 해? 이 시간에는 원래 막히잖아. 내가 절대 돌아가는 게 아니란다."

너무나도 느긋한 택시 기사와 실랑이를 하는 사이 1시간이 훌쩍 지났다. 그리고 택시는 우여곡절 끝에 대한 야구협회 건물 앞에 도착할 수 있었다.

"늦은 건 아니겠지?"

강동원은 서둘러 택시에서 내려 대한 야구협회 건물 안으로 뛰어 들어갔다. 그때 직원으로 보이는 사내가 강동원의 앞을 가로막았다.

"무슨 일로 오셨습니까?"

"아, 오늘 여기로 모이라고 연락받았는데요."

"혹시 청소년 야구 대표 선수십니까?"

"아, 네에."

"이름이?"

"강동원이요. 해명 고등학교."

"아, 강동원 선수! 반갑습니다."

"그런데 제가 늦었나요?"

"아닙니다. 잘 맞춰 오셨습니다."

"후우……."

"하하. 숨 좀 돌리시고요 저쪽으로 가시면 대기실이 있습니다."

"네, 알겠습니다."

강동원은 경호원이 알려주는 곳으로 갔다. 잠시 후 도착한 대기실 앞에 세계 청소년 야구 선수단 대기실이라는 푯말이 붙어 있었다.

"여기구나."

강동원은 문 앞에 서서 크게 심호흡을 했다. 이 안에 자신과 함께 대표로 뽑힌 선수들이 앉아 있을 거라고 생각하니 괜히 가슴이 두근거렸다.

딸깍.

강동원이 조심스럽게 문을 열었다. 순간 방 안에 앉아 있던 선수들이 전부 문 쪽을 바라봤다.

"강동원이네."

"쟤가 강동원이야?"

강동원의 얼굴을 확인한 선수들이 저마다 쑥덕거렸다. 일부는 남의 일처럼 떠들어 댔고 일부는 불만스러운 표정을 지었다.

그들 중 누구도 반갑게 강동원을 반겨주지 않았다.

'그래, 이게 대표 팀이지.'

강동원도 이내 긴장을 털어냈다. 그리고 평소처럼 자신의 자리를 찾아가 앉았다.

이번 세계 청소년 야구 선수권 대회에 참가하는 인원은 총 20명이었다. 투수가 8명이 선발됐고 포수가 2명, 내야수 6명과 외야수 4명으로 구성되어 있었다.

강동원은 테이블을 기준으로 오른쪽 자리에 앉았다. 투수들을 한곳에 모아놓았던지 그 옆으로는 전부 투수가 앉아 있었다.

8명의 투수 중 6명은 이미 자리를 차지하고 있었다. 강동원은 자신의 비어 있는 옆 자리를 힐끔 바라봤다. 이름표를 확인하지 않아도 누구의 자리인지 머릿속에 훤히 그려졌다.

'동열이 녀석, 아직 안 왔나 보네.'

강동원은 잠시 강동열이 신경 쓰였다. 다른 일도 아니고 대표 팀 소집에 늦다니.

잘못했다간 코칭스태프와 다른 선수들의 눈 밖에 나게 될 수도 있었다.

하지만 강동열 걱정은 오래가지 않았다.

'잘난 놈이니까 뭐 알아서 하겠지.'

강동원이 왼쪽으로 고개를 돌렸다. 그리고 자신보다 먼저 와 있던 투수들의 얼굴을 확인했다.

충은 고등학교 3학년 유재윤(우완 선발).

경복 고등학교 3학년 최충언(우완 선발).

경복 고등학교 3학년 박서진(좌완 선발).

서린 고등학교 3학년 고우민(우완 사이드암 선발).

강인 고등학교 3학년 최선영(좌완 선발).

덕선 고등학교 3학년 송일섭(좌완 선발).

덕선 고등학교 2학년 강동열(우완 선발).

해명 고등학교 3학년 강동원(우완 선발).

성인 국가대표팀이 아니다 보니 특별히 불펜 투수들은 뽑히지 않았다. 대신 각 학교의 에이스급 투수들로 선발이 됐다.

'경복하고 덕선은 이번 대회 포기한 건가?'

선수들을 쭉 살피던 강동원이 쓴웃음을 지었다. 솔직히 자리한 선수들 중에 특별히 신경 쓰이는 선수는 없었다.

어깨가 좋지 않았던 예전에는 이 자리에 끼지 못할 만큼 투수 랭킹이 낮았지만 과거로 돌아온 지금은 상황이 달라져 있었다.

비어 있는 강동열의 옆자리에는 두 명의 포수가 자리를 잡고 있었다.

한 명은 서운 고등학교 주전 포수 주효승,

다른 한 명은 유산 고등학교 주전 포수 박상현.

둘 다 현 고교 포수 랭킹 1, 2위를 다투는 재원들이었다.

'박상현이 문혁이 같은 스타일이고 주효승은 진성이 타입이었지.'

강동원은 어렵지 않게 둘을 구분해 냈다. 물론 둘 다 한문혁 정도의 수비력에 이진성만큼의 공격 옵션을 기본적으로 갖춘 선수들이긴 했다.

하지만 확실히 주효승은 자신이 타석에서 해결하길 선호했고 박상현은 반대로 배터리의 역할에 집중하는 것으로 알려져 있었다.

'아무래도 나는 박상현 쪽이 맞겠지.'

강동원의 시선이 주효승을 지나 박상현에게 향했다. 그러자 박상현도 고개를 돌리더니 환하게 웃으며 말을 걸었다.

"반갑다. 네가 강동원이지?"

"어, 그래. 반가워"

"난 유산 고등학교 박상현이야."

"그래, 지난 경기 때 봤다. 블로킹 좋던데?"

"하하. 나야말로 저번 봉황기 경기 잘 봤다. 너 진짜 잘 던지더라. 농담이 아니라 너하고 한번 호흡 맞춰보고 싶었어."

박상현이 한문혁만큼이나 호들갑스럽게 말했다. 자연스럽게 강동원의 입가에도 웃음이 걸렸다.

그러자 다른 선수들의 시선도 다시 강동원에게 몰려들었다. 다들 한가락 하는 이들이었지만 봉황기 결승전에서 노히트노런을 달성한 강동원을 어느 정도 인정하는 분위기였다.

"나도 너라면 대환영이다. 어쨌든 잘 부탁한다."

강동원이 박상현에게 말했다. 그러자 그 옆에 앉아 있던 경쟁 포수인 주효승이 미간을 찌푸렸다.

"뭐야? 여기 친목질 하러 왔냐?"

"……?"

"야! 강동원. 네 사촌 동생은 아직이냐?"

주효승이 비어 있는 강동열 의자를 보며 시비를 걸었다. 그러자 강동원은 고개를 갸웃하며 말했다.

"글쎄……."

"뭐야, 사촌이라며. 서로 연락도 안 하고 사는 거야?"

"그런 건 나보다 같은 팀 선수에게 물어보는 게 빠르지 않아?"

강동원이 대수롭지 않게 말하며 송일섭을 쳐다봤다. 그러자 송일섭이 살짝 미간을 찌푸리더니 입을 열었다.

"동열이는 병원 갔다가 좀 늦게 올 거야."

"그렇다는데?"

강동원이 주효승을 다시 보며 말했다. 그러자 주효승이 인상을 찡그렸다.

"나도 귀 있거든?"

"그래? 그럼 됐네."

강동원의 시선이 주효승을 지나 다시 박상현에게 향했다. 주효승이 신경 쓰인 듯 박상현이 멋쩍게 웃으며 강동원에게 이해하라는 표정을 지었다.

대표 팀은 처음이었지만 강동원도 이런 분위기는 충분히 이해가 갔다.

현 고교 야구에서 날고 긴다는 선수들만 데려다 놨으니 다른 이들에게 지고 싶지 않은 마음이 드는 건 당연했다.

그런데 뒤에서 누군가의 투덜거림이 들려왔다.

"어디 아프면 빠질 것이지 왜 대표 선수는 한다고 난리람!"

순간 강동원이 한쪽 입꼬리를 슬쩍 올렸다. 주어가 빠져 있긴 했지만 강동원이 아니라 꼭 자신에게 들으라고 하는 말 같았다.

하지만 강동원도 모르는 척 말을 흘려버렸다. 아무리 사촌 지간이라고 하지만 전화도 거의 없고, 왕래도 없는데 어떻게 알겠는가.

이럴 땐 그저 모르쇠로 일관하는 것이 좋았다. 괜히 나서 서 두둔해 봐야 피차 좋은 소리 듣지 못할 게 뻔했다.

그렇게 잠깐의 시간이 지난 후 대기실 문이 열리고 코칭스 태프가 들어왔다.

김운식 감독을 필두로 박준태 수석 코치가 바짝 따라붙 었다.

그리고 투수 코치로 선임된 김성식, 광운 고등학교 감독과 타격 코치로 합류한 김성희, 마상 고등학교 감독이 한 자리 씩 차지하고 앉았다.

김운식 감독은 단상에 올라 앉아 있는 선수들을 쭉 훑어본 후 입을 열었다.

"다들 아는 얼굴들이지? 서로 인사들은 나눴나?"

"네!"

다들 큰 소리로 대답했다. 그 목소리를 듣고 김운식 감독 의 입가에 미소가 걸렸다.

"그래, 잘했다. 너희들도 알다시피 개별적으로 친분이 있는 사람도 있을 거고 불편한 사람도 있을 것이다.

하지만 대회가 끝날 때까지는 한 팀이다. 그러니까 가급적이면 사이좋게 지내기 바란다."

김운식 감독의 말에 선수들은 이번에도 한목소리로 대답했다.

"네, 알겠습니다."

하지만 지금껏 적으로 만나 왔던 선수들과 갑자기 친해진다는 게 말처럼 쉽지는 않았다.

아무래도 혈기 왕성한 고등학생들이 모여 있지 않는가. 게다가 몇몇은 라이벌로까지 불리고 있기 때문에 알게 모르게 기 싸움을 벌이기도 했다.

그중에서도 강동원은 주된 표적이었다. 투수 대부분이 강동원을 시기 어린 눈으로 바라봤다.

그러나 다행인지 불행인지 정작 당사자인 강동원은 그런 사실을 별로 실감하지 못하고 있었다.

김운식 감독의 간단한 인사말이 끝난 뒤 박준태 수석 코치가 단상 위로 올라왔다.

박준태 코치는 가장 먼저 청소년 국가대표팀을 이끌 두 명의 코치를 소개했다. 그리고 곧바로 대회 일정에 대한 설명을 늘어놓았다.

"다들 알겠지만 이번 세계 청소년 야구 선수권 대회가 치러지는 곳은 일본 도쿄다. 참가국은 우리 한국 청소년 야구 대표팀을 포함해 총 12개국이고 A와 B조로 나뉘어 예선전이 치러지는데 우리는 B조에 편성됐다."

사전에 발표된 조편성 결과 A조에는 일본과 미국, 멕시코, 호주, 브라질, 체코가 이름을 올렸다.

그리고 B조에는 한국과 쿠바, 대만, 캐나다, 이탈리아, 남아공이 배정됐다.

전문가들은 개최국인 일본과 우승 후보 미국을 피했다는 점에서 어느 정도 대진운이 따른 결과라고 평가했다.

아마 야구 최강국이라 불리는 쿠바와 한 조가 되긴 했지만 쿠바의 명성이 예전만 못한 터라 대만전만 잘 넘길 경우 한국이 조 1위로 슈퍼 라운드에 진출할 가능성이 높은 상태였다.

예선전은 풀 리그 방식으로 진행됐다. 한국 팀이 B조 내 다른 팀들과 전부 한 번씩 맞붙어야 했다.

이미 예선전 5경기에 대한 일정은 발표가 됐다. 단 하루의 휴식일 없이 매일같이 경기가 치러지는 탓에 예선전에만 최소 5명의 선발 투수가 필요한 상태였다.

김운식 감독이 8명의 투수를 전부 선발 위주로 뽑은 것도 이런 이유 때문이었다.

예선전에서 5명을 선발, 3명을 불펜으로 나누었을 때 선발
보다 불펜의 체력 부담이 클 수밖에 없었기 때문이다.

선발은 최대한 오랜 이닝을 버텨주고 불펜은 연투를 감당
할 수 있어야 한다는 게 김운식 감독의 선발 원칙이었다.

그래서 불펜 전환이 불가능한 투수는 애당초 논의 대상에
서 제외되어 버렸다.

예선전에서 다음 라운드로 진출하기 위해서는 최소 3위
이내에 들어야 했다.

예선 성적 1위부터 3위까지만이 결선 라운드를 위한 슈퍼
라운드에 올라갈 수 있었다.

나머지 4위부터 6위까지는 상처뿐인 순위 결정 라운드가
기다리고 있었다.

슈퍼 라운드는 각 조 1, 2, 3위 팀이 상대 조 1, 2, 3위 팀
과 엇갈려 맞붙는 방식으로 진행이 된다.

이때 각 조 1위는 2승을, 2위는 1승 1패를, 3위는 2패를 떠
안고 시작한다. 예선 성적의 일부가 고스란히 반영되는 셈이
었다.

그렇게 슈퍼 라운드 경기가 모두 끝나면 성적을 종합해 상
위 1, 2위 팀이 결승전에 올라가고 3, 4위는 동메달 결정전을
치르게 된다.

대회 운영 방식상 예선부터 본선까지 성적이 계속 누적

되다 보니 단 한 경기라도 안이하게 대처했다간 두고두고 발목이 잡힐 수밖에 없었다.

그래서 김운식 감독을 비롯한 코칭스태프는 선발들을 서로 경쟁시켜 최고의 선발들을 골라내기로 의견을 모은 상태였다.

"……현재 8명의 투수가 있지만 이 중 슈퍼 라운드까지 선발이 보장되는 인원은 단 3명이다. 그리고 나머지는 불펜으로 활용될 예정이다."

박준태 코치에 이어 단상을 점령한 김성식 투수 코치가 투수 운용 방심을 전했다.

그 순간 투수들이 웅성거리기 시작했다.

"그럼 내가 한 자리 차지할 테고 나머지 둘은 누구지?"

충은 고등학교 에이스 유재윤이 자신만만한 표정을 지었다.

"니가 들어가면 나도 들어가야지."

옆자리에 앉아 있던 경복 고등학교 에이스 최충언도 피식 웃으며 나섰다.

그러자 선발 투수 모두가 목소리를 높였다. 국가대표팀에 당당히 합류했는데 선발 경쟁에서 밀려 불펜에서 뛰어야 한다는 건 자존심이 상할 노릇이었다.

그러나 강동원은 침묵을 유지한 채 가만히 앉아 있었다.

어차피 판단은 코칭스태프의 몫이었다. 여기서 백날 입으로 떠들어 봐야 달라지는 건 아무것도 없었다.

"조용! 조용!"

김성식 코치도 인상을 찡그리며 단상을 내려쳤다. 그제야 소란스럽던 회의장 안이 조용해졌다.

김성식 코치는 매서워진 눈으로 투수들을 노려보며 말했다.

"최종 선발은 감독님과 코치들이 상의해서 정할 거다. 그런데 너희들이 뭔데 선발이다 뭐다 하는 거야!"

김성식 코치의 꾸지람에 투수들은 민망한 얼굴이 되며 고개를 숙였다.

선발로 활약하겠다는 욕심을 부리는 건 좋았지만 그렇다고 해서 대표 팀의 분위기를 해쳐서는 좋은 성적을 기대하기 어려웠다.

"자, 자. 일단 숙소로 먼저 이동할 테니 여기서 일단 대기하도록!"

기본적인 전달사항이 끝나자 김운식 감독과 코칭스태프들이 다시 회의실을 빠져나갔다. 그리고 잠시 후 직원 한 명이 방 안에 들어와 말했다.

"자, 다들 밖으로 나오세요. 버스가 준비되어 있으니 거기에 타시면 됩니다."

강동원은 군말 없이 직원을 따라 건물을 나섰다. 대한 야구협회 정문 앞에는 40인승 버스가 문을 열고 기다리고 있었다.

버스 짐칸에 짐을 챙겨 넣은 뒤 선수들이 하나둘 버스에 올라탔다. 특별한 언급이 없었기 때문에 자리는 먼저 앉은 사람이 임자였다.

강동원은 중간쯤의 빈자리를 찾아 앉았다. 그러자 포수 박상현이 냉큼 옆자리를 차지했다.

"옆에 앉아도 되지?"

"그럼. 너 앉으라고 비워놓은 거야."

"하하. 나도 너랑 앉고 싶었어."

강동원이 피식 웃고는 눈을 감았다. 버스만 타면 한숨 붙이는 게 강동원의 습관 중 하나였다.

하지만 박상현이 옆에서 계속해서 재잘거리는 바람에 잠을 자지는 못했다.

단순히 스타일만 닮은 게 아니라 박상현은 수다스러운 점까지 한문혁과 꼭 닮아 있었다.

협회 건물을 출발한 버스는 약 두 시간을 달려 목동 야구장 근처 호텔에 도착을 했다.

"여기가 어디야?"

"목동 야구장이잖아. 넌 그것도 모르냐?"

버스에서 내린 선수들이 알아서 오와 열을 맞춰 섰다.

서로 앞에 서겠다며 잠시 실랑이가 있었지만 투수가 앞에, 야수가 뒤쪽에 서라는 박준태 코치의 한마디에 깔끔하게 정리가 됐다.

"자, 저기 보이는 호텔이 너희들이 묵을 숙소다. 프런트에 가면 이름과 호수가 있을 것이다.

2인 1실이니까 참고하고 서로 임의적으로 방을 바꿔서는 안 되니까 불만 가지지 말고. 알았지?"

"네!"

"좋아, 그럼 다들 올라가서 짐부터 풀고 잠깐 휴식을 취할 수 있도록."

박준태 코치의 말이 끝나고 선수들을 가방과 장비를 챙겨 호텔로 올라갔다. 하지만 호텔이라는 이름답지 않게 건물 안은 상당히 낡아 있었다.

"쳇, 이게 무슨 호텔이야."

"모텔이 아닌 게 어디냐."

투덜거리는 선수들을 뒤로한 채 강동원은 카운터 쪽에 가서 자신의 방 번호를 확인했다.

304호 강동원 송일섭.

어느 정도 친해진 포수 박상현과 같은 방을 배정받았다면 좋았겠지만 룸메이트가 하필 봉황기 결승에서 맞붙었던 송일섭이었다.

'일부러 이런 건가?'

강동원이 살짝 미간을 찌푸렸다. 그사이 직원이 강동원에게 키를 내밀었다.

"방마다 키는 하나뿐이니까 잃어버리지 마시고 혹시 나갈 일이 있으면 카운터에 맡겨주세요."

"네."

강동원이 키를 받고 3층으로 올라갔다. 방 문 앞에는 송일섭이 먼저 와 기다리고 있었다.

"뭐냐?"

"뭐가?"

"먼저 올 거면 열쇠는 왜 안 받아와?"

"너 카운터로 가는 거 보고 올라온 건데?"

"쳇."

"별것도 아닌 걸로 시비 걸지 말고 문이나 좀 열어줄래? 나도 너하고 같은 방 쓰는 거 별로 달갑지 않거든?"

송일섭이 입술을 삐죽거렸다. 아무래도 봉황기 결승전의 쓰린 기억이 남아 있는 모양이었다.

"연다, 열어."

강동원이 눈매를 굳히며 문을 열었다. 그러자 송일섭이 기다렸다는 듯이 방 안으로 들어갔다.

"내가 창가 쪽 쓴다."

"뭐? 누구 맘대로?"

"나 원래 답답한 곳에서 못 자. 그러니까 네가 양보해라."

"그러니까 누구 맘대로?"

"거 참, 봉황기에서 우승했으면 이 정도는 양보할 줄 알아야지. 꼭 그렇게 다 가져야 속이 시원하냐?"

송일섭의 핀잔에 강동원이 고개를 흔들어 댔다. 이미 주섬주섬 짐까지 풀고 있는데 이제 와서 자리를 옮기는 것도 우스운 일이었다.

"너 코는 안 골지?"

"안 골아."

"확실해?"

"그래, 나 원래 엄청 조용히 잔다."

"그럼 다행이고."

"너는? 너도 코 안 고는 거지?"

"아니, 고는데?"

"뭐 인마? 그런데 왜 나한테 코 고냐고 물어본 거야?"

"난 누가 코고는 거 별로 안 좋아하거든."

"허……!"

송일섭이 어처구니없다는 얼굴로 강동원을 노려봤다. 그러다 강동원이 입가를 실룩이는 걸 확인하고는 농담이라고 웃어넘겨 버렸다.

❽

선수들이 한창 짐을 푸는 사이.

김운식 감독과 코치들은 호텔에서 마련해 준 회의실에 모였다.

"감독님, 선발은 지금까지의 경기 결과들을 참고로 해서 미리 결정하는 게 어떻겠습니까? 그러는 편이 선수들에게도 좋을 것 같은데요."

김성식 투수 코치가 의견을 제시했다. 그러자 김운식 감독이 고개를 가로저었다.

"그런 방식은 안 돼. 다들 실력 있는 아이들이라고. 임의대로 뽑아버리면 애들도 절대 인정하지 않을 거야."

"그럼 어떻게 해야 할까요? 청백전도 한계가 있을 텐데요."

"어차피 대학 야구팀과 연습 시합을 갖기로 했으니 경기를 보고 평가하면 되겠지."

김운식 감독의 말에 코치들이 이내 고개를 끄덕였다.

"그럼 오늘 오는 단곡 대학교 야구부와의 경기부터 선수들의 평가가 시작되겠군요."

"그래, 오늘부터 마지막 연습 경기까지 살펴본 뒤에 최종적으로 선발하도록 하자고."

"그 전에 두각을 드러내는 선수는 어떻게 할까요?"

"그야 당연히 먼저 선발해야지. 단, 선수들에게는 비밀로 하고."

"그게 좋겠습니다."

"알겠습니다."

김운식 감독의 지시에 코치들이 다시 한번 고개를 주억거렸다.

"그럼 단곡 대학교 야구부가 도착하는 대로 바로 경기 시작할 수 있도록 준비시키게."

"네, 알겠습니다. 감독님."

박준태 수석 코치가 고개를 끄덕이며 자리에서 일어났다. 그러자 눈치를 보던 다른 두 코치도 슬그머니 회의장을 빠져나갔다.

홀로 회의실에 남은 김운식 감독은 짐짓 심각한 표정을 지었다.

"이제부터 시작이야. 녀석들이 잘 따라와 줘야 할 텐데⋯⋯."

김운식 감독의 혼잣말이 회의실을 나직이 울렸다.

그리고 잠시 후, 작년 대학 리그 4강팀인 단곡 대학교 야구부가 목동 구장으로 들어섰다.

4

청소년 야구대표팀과 단곡 대학교 야구부와의 연습 경기
는 목동구장에서 열렸다.

청소년 대표 팀의 실력 향상을 위해 KBO에서 히어로즈의
일정을 원정 경기로 편성하면서 목동 구장을 편히 사용할 수
있게 됐다.

단곡 대학교 야구부가 거의 다 도착했다는 소식을 듣고 먼
저 목동 구장에 와 있던 청소년 대표 팀의 시선이 저만치 멈
춰 선 버스 쪽으로 향했다.

"저기 어디냐?"

"단곡이라는데?"

"단곡대? 요즘 별로 아냐?"

"그러게, 옛날보다 실력이 많이 떨어졌다고 하던데."

"그래도 단곡대야. 대학생들이라고."

"하긴 그렇지."

"대학생이 뭐가 어때서? 어차피 프로 못 가서 대학 간 건
데 우리가 겁먹을 필요 있나?"

"하긴. 나이 차이 빼 놓으면 우리가 더 낫지. 우리는 고교

야구에서도 거물급이잖아. 단곡대 정도면 무난하게 이기지 않을까?"

"풉! 네가 거물급이라고?"

"지랄, 너 지금 나 무시하냐?"

청소년 대표 팀 선수들은 하나같이 단곡 대학교 선수들을 얕잡아 봤다.

대표 팀에 선발된 선수 대부분이 프로에 갈 확률이 높기 때문에 프로에서 낙오되어 대학에 간 선배들이 별로 존경스럽게 느껴지지 않은 것이다.

상대가 가소로운 건 단곡 대학교 선수들도 마찬가지였다.

"꼴에 대표 선수라고 건방 떨기는……."

"왕년에 누군 대표 팀 안 해봤나."

"야, 그딴 걸로 자존심 세우지 마. 그게 더 창피해."

"맞아. 우리가 왜 고딩들이랑 경기를 해야 하는 건데?"

단곡 대학교 선수들도 몸을 풀면서 보란 듯이 불만을 터뜨렸다. 같은 아마 야구 동료이자 후배들이라고는 하지만 솔직히 청소년 대표 팀이 곱게 보일 리 없었다.

현 고등학교 레벨의 선수들 중 최고만 모아놓은 만큼 잘난 맛에 야구하는 애들일 게 뻔할 거라는 생각이 든 것이다.

"저 자식들 웃고 떠드는 것 좀 봐."

"우리랑 경기하는 게 전혀 긴장되지 않는다 이거지."

"새끼들! 지랄하네."

애당초 선배 대접은 바라지도 않았지만 최소한의 예의는 갖출 줄도 모르는 청소년 대표 팀을 보고 있자니 단곡 대학교 선수들의 눈매가 매서워졌다.

안 그래도 고등학생들과 연습 경기를 하는 데 주전들을 내보낸다고 해서 내심 기분이 상한 상태였다.

그런데 마치 소풍이라도 온 것처럼 까불고들 있으니 단단히 버릇을 고쳐 주고만 싶었다.

"저 새끼들 그래도 우리가 선밴데 인사도 안 하네."

"저 녀석들 눈에 우리가 들어오겠냐?"

"그래도 저 중에 우리 후배 한두 놈은 있을 거 아냐? 그냥 확 집합시켜?"

"집합하라고 하겠냐? 괜히 나섰다가 얻어맞지나 마라."

"뭐, 인마?"

"자자, 그만들 하고 어서 짐 챙겨서 들어가자."

단곡 대학교 주장 최재섭이 나서서 선수들을 다독거렸다.

현재 단곡 대학교의 위상만 놓고 보자면 청소년 대표 팀 선수들에게 무시를 받는 것도 무리는 아니었다.

주변에서도 대학 리그를 휩쓸던 2년 전보다는 못하다는 평가가 많았다.

춘계 리그 4강에 오르긴 했지만 실력보다는 대진 운이 따랐다는 말들이 뒤따랐다.

이런 상황에서 청소년 대표 팀에게 대접을 받길 원한다는 것 자체가 욕심이나 다름없었다. 상대는 말 그대로 대표 팀이었다. 현 고교 최고의 선수들이 모인 팀이었다.

한때 고교 야구 최고의 선수 중 한 명이라 불렸던 최재섭은 청소년 대표 팀 선수들의 자부심이 누구보다 이해가 갔다.

물론 그렇다고 해서 화가 나지 않는 건 아니었다. 다만 선배로서 뭔가를 보여줘야 한다면 말이나 폭력보다는 한 수 위의 야구 실력이어야 한다고 생각했다.

마지막으로 버스에서 내린 단곡 대학교 한인권 감독의 생각도 최재섭과 크게 다르지 않았다.

"딴 건 필요 없다. 그저 야구 선배로서 야구란 무엇인지 확실히 보여주도록 해라. 절대 봐주지 마라. 최선을 다해서 잘근잘근 짓밟아줘라. 알겠나!"

한인권 감독이 굵직한 목소리를 내뱉었다.

"넵!"

단곡 대학교 선수들이 그 말을 기다렸다는 듯이 목청껏 대답했다.

5

비록 연습 경기였지만 주전을 고르는 실전 테스트인 터라 선수들에게 충분한 준비 시간이 주어졌다.

3루 쪽에서는 청소년 대표 팀들이 나와서 스트레칭과 토스를 시작했다. 그리고 1루 측에서는 단곡 대학교 선수들이 몸을 풀었다.

고개만 돌리면 서로의 얼굴이 보이는 상황이었지만 청소년 대표 팀은 물론이고 단곡 대학교 선수들조차 눈을 돌리지 않았다. 그저 묵묵히 몸을 예열하는 데 열중했다.

그렇게 약 30여 분이 지나고 김운식 감독이 코치들과 함께 모습을 드러냈다.

"집합!"

박준태 코치가 소리쳤다.

흩어져서 몸을 풀던 선수가 모두 감독 앞으로 모여 들었다. 그러고는 시키지도 않았는데 열중 쉬어 자세를 취했다.

"합숙 첫날부터 연습경기가 잡혀서 놀랐을 것이다. 아쉽게도 우리에게는 시간이 많지 않으니 이해해 주기 바란다."

이때까지만 해도 대표 팀 선수들의 얼굴에는 여유가 넘쳤다. 하지만 그것도 잠시.

"그리고 앞으로의 연습 경기를 통해 선발 투수와 주전 야수들을 선별할 생각이다. 그러니 최선을 다해주기 바란다."

"……!"

주전 테스트가 시작됐다는 한마디에 대표 팀 선수들의 표정이 달라졌다.

"그럼 자세한 건 박준태 코치에게 듣도록. 박 코치."

"네, 감독님."

김운식 감독이 한 발 물러나 코치들에게 다가갔다. 그사이 박준태 코치가 선수들의 앞으로 나왔다.

"앞서 감독님이 말씀하셨듯이 오늘부터 주전 테스트가 시작된다. 따라서 오늘 연습 경기는 이닝 제한이 없이 진행된다.

경기 종료는 감독이 요청하면 그때 이루어질 예정이다. 이해했나?"

"넵!"

"그래, 다들 씩씩하네. 야수들은 교체 제한 없이 쉬고 뛰는 걸 반복할 거다. 투수들도 마찬가지다. 오늘 불참한 강동열을 제외한 모든 투수가 등판을 할 예정이니까 미리미리 준비하고 있도록. 참, 투구 수 제한은 50구다. 그러니 알아서 잘하기 바란다. 전달 사항은 여기까지. 혹시 질문 있나?"

박준태 코치가 선수들을 바라봤다. 그러나 선수들 중 누구도 손을 들거나 입을 열지 않았다.

"좋아. 그럼 곧바로 경기를 시작하도록 하겠다. 유재윤!"

"네, 코치님."

호명을 받은 충은 고등학교 유재윤이 앞으로 나왔다.

"네가 첫 번째 투수로 나선다. 준비하도록."

"알겠습니다."

유재윤의 얼굴이 대번에 환해졌다. 반면 선발 등판을 노렸던 다른 투수들은 아쉬움에 입술을 깨물었다.

박준태 코치는 라인업이 적힌 용지를 벽에 붙이며 말했다.

"오늘 경기 스타팅 라인업이다. 미리 말했지만 야수들은 교체가 자유로우니 먼저 나선다고 자만하지 말고 늦게 나간다고 실망하지 마라. 자기 순서 잘 확인할 수 있도록. 다시 한번 말하지만 이것은 최종 선발 라인업이 아니다. 언제든 변경될 수 있다는 것을 명심하기 바란다."

박준태 코치의 말이 끝나기가 무섭게 열두 명의 야수가 라인업이 붙은 쪽으로 우르르 몰려갔다.

"그렇지!"

"당연히 내가 뽑혀야지!"

선발 라인업에 올라선 선수들의 얼굴에 절로 웃음이 번졌다. 반면 불펜에서 시작하게 된 선수들은 아쉬움을 감추지 못했다.

물론 오늘 경기는 어디까지나 연습 경기에 불과했다. 박준
태 코치의 말처럼 모든 선수가 골고루 투입되어 실력을 평가
받게 될 것이다.

그래서 선발이든 아니든 지금은 크게 중요한 게 아니었다.

그런대도 선수들은 먼저 출전하지 못한 것에 아쉬움을 드
러내고 있었다.

하지만 강동원은 예외였다. 아쉬운 마음에 더그아웃을 서
성거리는 선수들을 뒤로한 채 가장 먼저 벤치로 가서 앉
았다.

자신의 차례가 올 때까지 편안한 마음으로 대기할 생각이
었다.

'어디 유재윤이 얼마나 잘 던지나 볼까?'

과거 유재윤은 프로에서 고만고만한 성적을 내다가 자신
만큼이나 빨리 은퇴를 했다.

포심 패스트볼은 빠르고 위력적이었지만 제구가 썩 좋지
않았던 게 두고두고 발목을 잡은 것이다.

그러나 마운드에 올라선 유재윤은 그 어떤 때보다 표정이
밝았다. 그런 유재윤을 향해 선발 출전하게 된 포수 주효승
이 다가갔다.

유재윤도 마스크를 벗은 채로 걸어오는 주효승을 보며 미
소를 지었다.

"짜식, 왔냐?"

"너 키 좀 컸다?"

"누가 할 소리를 하는 거야. 키는 원래 내가 더 컸거든?"

"어쨌든 중학교 때 이후로 처음이네."

"후후후, 그러게. 그래도 네가 포수라서 든든하다."

"그럼그럼. 이 형님만 믿고 던져라."

주효승이 먼저 손을 내밀었다. 유재윤도 씩 웃으며 주효승의 손을 잡았다.

"그래, 너만 믿고 던질 테니까 각오 단단히 해라."

"뭐 특별히 생각해 둔 건 있어?"

"작전이랄 게 뭐 있겠냐? 5회까지만 버티면 되는 거니까 이닝당 10개 안쪽으로 던지면 되는 거 아냐?"

유재윤이 노골적으로 승리투수가 되겠다고 말했다. 몇 이닝이 진행되든 야구에서 승리투수는 기본적으로 5이닝을 채워야 했다.

그런 자신감이 마음에 들었던지 주효승이 피식 웃음을 흘렸다.

"그럼 맞춰 잡게? 아니면 삼구 삼진으로?"

"뭐, 삼구 삼진이면 나야 좋지."

"알았다. 삼구 삼진으로 가 보지 뭐."

주효승도 동조하며 유재윤의 엉덩이를 두드렸다. 그리고

는 포수 마스크를 쓰며 물었다.

"사인은 그때랑 같지? 변한 거 있으면 지금 말해줘."

"아니, 변한 거 없어. 그대로 가자."

"오케이. 그럼 연습구부터 던져 볼까?

포수석으로 돌아간 주효승이 미트를 들어 올렸다.

"자, 던져!"

유재윤이 천천히 와인드업을 한 후 미트를 향해 공을 던졌다.

퍼엉!

투구 동작은 간결했다. 100퍼센트 전력을 다하는 느낌은 아니었다. 그런데도 공이 묵직하게 미트에 박혀들었다.

"좋아, 좋아!"

주효승도 호들갑을 떨며 유재윤의 공을 칭찬했다.

하지만 경험 많은 단곡 대학교 선수들은 그 정도로 동요하지 않았다.

흥! 후웅

단곡 대학교의 1번 타자인 신영훈이 대기 타석에서 매섭게 방망이를 휘둘렀다. 연습구를 던지는 유재윤의 타이밍에 맞춰서 정확하게 스윙을 돌렸다.

그런데 대학교 4학년이라 그런지 그 소리가 무척이나 위협적으로 들렸다.

주효승은 자신도 모르게 신영훈 쪽으로 고개를 돌렸다.

하지만 이내 피식 웃고 말았다.

그래 봐야 대학 야구 선수였다. 프로가 아니었다. 이번 대회가 끝나면 자신과 함께 드래프트를 통해 경쟁해야 할 처지의 선수에 불과했다.

"자, 가볍게 가자고."

주효승이 주먹으로 미트를 두드리며 크게 소리쳤다. 그러고는 초구에 포심 패스트볼을 요구했다.

코스는 한가운데.

'초구부터라……'

선배들의 기를 죽이자는 주효승의 제안이 싫지 않았던지 유재윤이 피식 웃었다. 그러고는 천천히 와인드업을 한 후 있는 힘껏 공을 던졌다.

후앙!

바람 소리와 함께 날아간 공이 그대로 포수 미트에 꽂혔다.

퍼엉!

묵직한 포구 소리가 목동 구장을 울렸다. 하지만 신영훈은 그 자리에서 꿈쩍도 하지 않고 포수 미트에 박힌 공을 쳐다보았다.

그러곤 고개를 가볍게 끄덕인 뒤 발로 타석을 골랐다.

"초구 가운데 패스트볼이었습니다, 선배님!"

주효승이 짓궂게 말을 붙이며 신영훈의 신경을 건드려 보았다. 하지만 신영훈은 대꾸도 하지 않은 채 다음 공을 기다렸다.

2구는 바깥쪽으로 빠지는 슬라이더였다. 스트라이크존에 아슬아슬하게 걸쳐 들어오다 나갔지만 신영훈의 방망이는 꿈쩍도 하지 않았다.

'뭐야? 뭘 노리는 거야?'

잠시 고심하던 주효승이 3구째 바깥쪽으로 걸치는 패스트볼을 던졌다. 신영훈이 칠 의사가 없다면 굳이 승부를 오래 끌고 가고 싶지 않았다.

유재윤도 씩 웃으며 고개를 끄덕였다. 그리고 주효승의 미트를 향해 힘차게 공을 던졌다.

그 순간.

따악!

처음으로 신영훈의 방망이가 돌아갔다.

타이밍이 조금 늦었던지 타구는 3루 라인 밖으로 빠져나갔다.

하지만 조금만 안쪽으로 들어왔더라도 좌익선상에 떨어지는 2루타가 될 뻔했다.

'시팔, 깜짝이야.'

신영훈의 방망이가 날카롭다는 걸 확인한 주효승은 곧바로 볼 배합을 바꿨다. 정면 승부보다는 유인구를 던져 범타를 유도해 내는 게 낫다고 판단한 것이다.

하지만 갑작스레 빡빡해진 요구를 수용할 만큼 유재윤의 제구 능력은 뛰어나지 않았다.

결과는 볼 넷.

신영훈이 가볍게 1루를 향해 걸어 나갔다.

"자자! 괜찮아."

주효승이 공을 되돌려 주며 소리쳤다. 하지만 유재윤은 조금도 괜찮지 않았다.

첫 타자부터 사사구를 내주었다는 것에 자존심이 상했다. 그것도 투 스트라이크를 먼저 잡아놓은 상태에서 말이다.

'갑자기 왜 저렇게 리드하는 거야?'

유재윤이 신경질적으로 로진백을 주물렀다. 그러고는 다소 굳어진 얼굴로 마운드에 올랐다.

그러나 누구보다 투수의 마음을 헤아려 줘야 할 포수 주효승의 시선은 다른 곳을 향해 있었다.

'자신 있게 리드하는 걸 보니 뭘 생각인가?'

주효승은 1루로 나간 신영훈이 신경 쓰였다. 하지만 리드 폭을 넓히는 신영훈의 움직임이 싫지 않았다.

안정적인 수비 능력을 바탕으로 대표 팀에 합류한 박상현보다 주효승이 나은 건 크게 두 가지였다.

하나는 스위치 타자로서 좌투수, 우투수 가리지 않고 수준급 타격 실력을 뽐낸다는 점. 다른 하나는 2루 송구 능력.

'어디 한번 뛰어봐라.'

주효승이 초구 바깥쪽 포심 패스트볼을 요구했다. 2루 송구를 위해서는 아무래도 바깥쪽 공이 들어오는 게 편했기 때문이다.

유재윤은 군말 없이 주효승의 사인대로 공을 던졌다.

퍼엉!

공이 바깥쪽에 꽉 차게 들어왔다.

주효승은 2구째도 바깥쪽 사인을 냈다. 그것으로도 모자라 3구, 4구까지 전부 바깥쪽이었다.

2구와 4구가 볼 판정을 받으면서 볼카운트는 투 스트라이크 투 볼로 바뀌어 있었다.

이런 상황이라면 하나쯤 보여주기 식으로라도 몸 쪽 공을 던질 필요가 있었다.

그런데 주효승이 또다시 바깥쪽으로 사인을 보냈다. 신영훈이 뛴다면 볼카운트상 이번뿐일 거라고 여겼다.

'또 바깥쪽이냐?'

유재윤은 이번 사인이 마음에 들지 않았다. 하지만 이내 고개를 끄덕였다. 고집스러운 주효승과 경기 초반부터 마찰을 일으켜 봐야 좋을 것 같지가 않았다.

투구 동작에 들어가기 전 유재윤이 1루 주자를 힐끔 보았다. 신영훈의 리드 폭이 조금 넓어 보였지만 저 정도면 견제하지 않아도 될 것 같았다.

'우선은 타자에 집중하자.'

유재윤이 세트 포지션 상태에서 재빨리 공을 던졌다. 그때를 같이해 1루 주자 신영훈이 재빨리 스타트를 끊었다.

'그렇지!'

주자의 움직임을 간파한 주효승이 엉덩이를 들어 올리며 송구를 할 준비를 서둘렀다. 하지만 공은 주효승의 미트에 도착하지 못했다.

따악!

2번 타자 김일석의 방망이가 먼저 움직인 것이다.

'히트 앤드 런!'

주효승이 이를 악물었을 때는 이미 1루 주자가 2루에 들어간 상태였다. 설상가상으로 김일석이 가볍게 툭 밀어친 타구가 1루수와 2루수 사이를 절묘하게 빠져나갔다.

"돌아! 돌아!"

3루 코치의 사인을 확인한 신영훈이 2루를 돌아 3루까지 내달렸다.

무사 주자 1, 3루.

"크아아!"

1루에 안착한 김일석이 주먹을 불끈 쥐며 악을 내질렀다. 이렇게 1회 초부터 단곡 대학교가 선취 득점의 기회를 잡아냈다.

"타임!"

상황이 어수선해지자 주효승이 포수 마스크를 벗고 마운드로 올라갔다. 그러고는 유재윤을 향해 쏘아붙이듯 말했다.

"재윤아, 몰렸잖아. 뭐하는 거야."

주효승은 괜히 유재윤의 탓을 했다. 자신이 계속해서 바깥쪽 공을 요구한다는 걸 단곡 대학교 벤치에서 눈치채고 작전이 걸렸다는 생각은 전혀 하지 못했다.

'이 자식이⋯⋯!'

유재윤도 질근 입술을 깨물었다. 마음 같아선 똑바로 리드하라고 한마디 하고 싶었지만 주효승의 표정으로 봐서는 들어 처먹을 것 같지 않았다.

그렇게 중학교 시절 함께 배터리를 이뤘던 주효승과 유재윤의 사이에 금이 가기 시작했다.

그리고 투수와 포수의 신뢰가 깨져 버렸으니 좋은 피칭이 나올 리 없었다.

따악!

3번 타자 박영민이 때려낸 타구가 중견수 쪽으로 날아

갔다.

"젠장할!"

유재윤이 이를 악물며 백업 플레이에 들어갔다. 투 스트라이크를 잘 잡아 놓은 상태에서 주효승의 요구대로 바깥쪽 공을 던진 게 화근이었다.

악몽은 거기서 끝나지 않았다. 뒤이어 타석에 들어 선 4번 타자 최재섭이 유재윤의 초구 몸 쪽 포심 패스트볼을 잡아당겨 2루타를 때려낸 것이다.

다행히 중계 플레이가 빠르게 이루어지면서 3루 주자가 홈으로 들어가지는 못했다.

원 아웃 주자 2, 3루.

안타 하나면 두 점을 얻어낼 수 있는 절호의 기회가 5번 타자 이진욱에게 걸렸다.

'욕심 부리지 말자.'

이진욱은 공 2개를 지켜본 뒤 3구째 바깥쪽으로 흘러나가는 타구를 툭 하고 건드렸다.

주자가 1루에 있었다면 더블플레이로 이닝이 끝날 수도 있는 타구였지만 아쉽게도 포스 아웃으로 잡아낼 수 있는 주자가 없었다.

이진욱이 1루에서 아웃되는 사이 3루에 있던 박영민이 재빨리 홈으로 들어오며 한 점을 추가했다.

스코어 2 대 0.

2사 주자 3루 위기가 계속됐다.

'미치겠네.'

답답한 마음에 주효승이 벤치 쪽을 바라봤다. 경기 초반이긴 하지만 유재윤을 교체하는 편이 낫다고 생각했다.

그러나 김운식 감독은 신경 쓰지 말라는 사인을 냈다.

그사이 6번 타자 송만식이 타석에 들어섰다. 송만식은 주효승-유재윤 배터리의 유인구 승부에 말려들지 않고 끈질기게 버티다가 사사구를 얻어 1루로 나갔다.

2사에 주자 1, 3루.

"크아아!"

더 이상 실점했다간 강판당할 거라고 생각한 유재윤이 이를 악물고 내던진 한복판 포심 패스트볼을 7번 타자 이병찬이 이겨내지 못하면서 길고 길었던 단곡 대학교의 1회 초 경기가 끝이 났다.

위기를 넘기고 실점을 최소화했지만 유재윤은 웃질 못했다. 1회에만 무려 44구를 던졌기 때문이다.

거의 매 타자마다 풀카운트 승부를 벌이면서 투구 수가 빠르게 쌓여만 갔다.

유리한 볼카운트 때마다 주효상이 습관처럼 의미 없는 유인구를 요구한 게 화근이었다.

"크아!"

더그아웃으로 들어온 유재윤이 안쪽으로 들어가 악을 내질렀다.

"지랄하네. 짜증 나는 게 누구인데?"

포수 주효승도 유재윤과 멀찍이 떨어져 앉았다.

두 사람의 모습을 지켜보던 박준태 코치가 김운식 감독에게 조용히 말했다.

"아무래도 저 둘은 호흡이 잘 맞지 않는 것 같습니다."

"흠……. 확실히 그런 것 같군."

김운식 감독도 한숨을 내쉬었다. 중학교 시절 서로 호흡을 맞춰봤다는 이야기를 듣고 가장 먼저 내보냈는데 너무 안이한 판단이었던 것 같았다.

1회 초의 어수선한 분위기는 1회 말 공격으로까지 이어졌다.

단곡 대학교 에이스 조영민은 세 타자를 여유롭게 잡아내고 삼자범퇴로 이닝을 마쳤다.

점수를 뽑아야 한다는 부담감에 타자들이 적극적으로 방망이를 휘둘러 봤지만 전부 땅볼로 아웃이 되고 말았다.

"오늘 조영민의 공이 좋은데요. 타자들이 제대로 공략할 수 있을지 모르겠습니다."

박준태 코치가 걱정스러운 표정을 지었다. 경기 초반이긴 하지만 양 팀의 분위기가 극명하게 갈리고 있었다.

"흠······."

김운식 감독의 신음도 깊어졌다. 그사이 공수 교대가 끝나고 2회 초 단곡 대학교 공격이 시작됐다.

선발로 등판했던 유재윤은 이미 공표했던 대로 한계 투구 수에 근접했기에 강판이 되었다. 그리고 유재윤을 대신해 경복 고등학교 에이스 최충언이 다음 투수로 올라왔다.

최충언은 유재윤과 함께 서울 지역 고교 투수 랭킹 1, 2위를 다투는 선수였다.

그만큼 공의 위력도 뛰어났다. 포심 패스트볼의 최고 구속이 157km/h까지 나올 정도였다.

게다가 제2구종인 슬라이더도 일품이었다. 포심 패스트볼처럼 날아들다가 마지막 순간에 꼬리를 말고 휘어지는 움직임은 프로에서도 통한다는 평가를 듣고 있었다.

"더 이상 점수를 내줘서는 안 돼."

최충언은 평소대로 빠른 볼카운트에서 타자들을 상대했다.

선두 타자로 나선 8번 타자 장석훈은 삼구 삼진으로 돌려 세웠다. 9번 타자 조재진도 투 스트라이크 원 볼 상황에서 바깥쪽 슬라이더를 던져 헛스윙 삼진을 유도해 냈다.

"뭐야? 대학 야구 4강팀이라더니 별거 아니잖아?"

연속 탈삼진으로 기세를 올린 최충언은 포심 패스트볼을 고집했다. 타격감이 좋은 1번 타자 신영훈을 상대로 3구 연속 포심 패스트볼을 던지는 배짱도 부렸다.

하지만 투 스트라이크 투 볼에서 던진 5구째 포심 패스트볼이 한복판으로 몰리고 그걸 신영훈이 놓치지 않고 때려내면서 우익수 깊숙한 곳에 떨어지는 3루타를 허용하고 말았다.

"젠장할!"

아웃 카운트 하나 남은 상황이었지만 최충언은 3루 주자를 지나치게 의식했다.

폭투가 나오면 점수를 내준다는 생각에 자신도 모르게 어깨에 힘이 들어가 버렸다. 그 과정에서 밸런스가 무너지면서 덩달아 제구까지 흔들렸다.

결국 2번 타자 김일석은 사사구를 골라 나갔다. 그리고 뒤이어 타석에 들어선 3번 타자 박영민에게 초구를 붙이다 사구까지 허용했다.

"젠장!"

최충언의 얼굴이 급격히 굳어졌다. 2사 3루 상황이 2사 만루 상황으로 바뀌자 눈동자가 요동을 쳐댔다.

산 너머 산이랬다고 타석에 4번 타자 최재섭이 들어왔다.

"미치겠군."

포수 주효승은 최재섭과 정면 승부를 피했다. 최대한 아슬 아슬한 코스에 공을 요구해 위기를 벗어나려 했다.

　하지만 흔들리는 최충언의 제구로는 주효승이 원하는 코스에 공을 집어넣기조차 버거웠다.

　"볼!"

　원 스트라이크 쓰리 볼 상황에서 내던진 포심 패스트볼이 볼 판정을 받으며 최재섭은 사사구를 얻어냈다. 그사이 3루 주자가 홈을 밟으며 점수 차이가 더욱 벌어졌다.

　"젠장할!"

　최악의 결과에 최충언이 글러브로 입을 가리고 악을 내질렀다.

　"아무래도 한번 끊어줘야 할 것 같은데요."

　그 모습을 지켜보던 박준태 코치가 한숨을 내쉬고는 주효승에게 수신호를 보냈다.

　"타임!"

　벤치의 요구대로 주효승이 흐름을 끊기 위해 마운드로 올라갔다.

　"야, 정신 차려. 아웃 카운트 하나 남았는데 뭐하는 거야?"

　"하아, 나도 몰라. 갑자기 제구가 안 된다고."

　"긴장 풀어. 자꾸 어깨에 힘이 들어가잖아."

　"알았으니까 잔소리할 거면 내려가라."

"아무튼 한 타자야. 만루 상황은 잊어버리라고."

"알았어. 그리고 이번에 포크볼 던질 거다."

"뭐? 포크볼? 제 정신이야?"

주효승이 눈을 치떴다. 최충언이 반 농담 삼아 포크볼을 익히고 있다고 떠들어 대긴 했지만 설마하니 이런 상황에서 던진다고 고집을 피울 줄은 예상하지 못한 것이다.

하지만 최충언도 막무가내였다. 삼진 두 개를 잘 잡아놓고 밀어내기로 한 점을 내줬으니 어떻게든 자신의 실수를 만회하고 싶었다.

"젠장. 몰라, 네 마음대로 해."

주효승이 짜증을 내며 포수 자리로 돌아갔다. 그사이 5번 타자 이진욱이 타석에 들어왔다.

"후우……."

최충언은 애써 마음을 다잡았다. 그리고 바깥쪽 코스를 집중 공략해 투 스트라이크 원 볼을 만들어냈다.

'좋아. 지금이야.'

승부할 타이밍이 왔다고 판단한 최충언이 주효승에게 먼저 수신호를 보냈다.

'젠장할. 저 자식이……!'

주효승이 와락 얼굴을 일그러뜨렸다. 하지만 지금 상황에서 다른 사인을 낸들 최충언이 들을 것 같지 않았다.

'제대로 못 던지기만 해봐라.'

주효승이 마지못해 미트를 들어 올렸다. 그러자 최충언이 기다렸다는 듯 주효승의 미트를 향해 힘껏 공을 내던졌다.

후왓!

빠르게 날아가던 공이 홈 플레이트 앞에서 급격히 흔들렸다.

'포크볼!'

포심 패스트볼이라 여기고 달려들었던 이진욱의 방망이가 허무하게 허공을 갈랐다.

하지만 주효승은 바운드되어 튕겨 오르는 공을 놓치고 말았다. 설마하니 이 정도로 변화가 심할 줄은 미처 예상하지 못한 것이다.

"야! 뒤! 뒤라고! 뒤!"

최충언이 손가락질을 해대며 고래고래 소리를 내질렀다. 하지만 주효승은 좀처럼 공의 위치를 찾지 못했다.

그러는 동안 3루 주자가 홈을 밟으며 단곡 대학교가 한 점을 더 추가했다.

"젠자아앙!"

또다시 이닝을 마치는 데 실패한 최충언이 고래고래 소리를 질렀다. 주효승도 공을 손에 쥔 채 인상을 썼다.

애당초 포크볼을 던지겠다고 고집을 부린 최충언이 문제

이긴 했지만 바운드되는 공을 빠뜨린 제대로 포구하지 못한 건 자신의 실수였다.

하지만 그렇다고 해서 최충언에게 사과할 생각은 없었다.

"잘 좀 던져라."

"뭐라고?"

"네가 똑바로 던졌어 봐. 진즉 이닝이 끝났지."

주효승은 언제나처럼 모든 책임을 투수에게 돌렸다. 이런 상황에서 최충언도 제대로 된 공을 던질 리 없었다.

"아무래도 힘들겠는데요."

전광판의 점수를 확인한 박준태 수석 코치가 한숨을 내쉬었다.

2회 초인데 벌써 4 대 0이었다.

아직 조직력을 갖추지 못한 대표 팀 입장에서는 쉽게 따라가기 어려운 점수 차이였다.

게다가 최충언의 투구 수도 벌써 30구가 넘어가고 있었다.

"교체해."

김운식 감독이 어렵사리 입을 열었다.

"네, 감독님."

박준태 코치가 마운드로 올라갔다. 그 모습을 본 최충언의 얼굴이 와락 일그러졌다.

"수고했다."

박준태 코치가 최충언에게 손을 내밀었다. 최충언은 잠시 머뭇거렸지만 이내 글러브에서 공을 빼내 박준태 코치에게 주었다. 그리고 힘없이 마운드를 내려왔다.

그리고 잠시 후.

불펜의 문이 열리고 강동원이 마운드로 뛰어왔다.

6

박준태 코치는 마운드 올라온 강동원에게 공을 주며 말했다.

"만루지만 부담 갖지 마라. 한두 점 정도 더 줘도 괜찮다고 생각하고 편안하게 던져."

"네, 코치님."

박준태 코치가 강동원의 어깨를 툭툭 두드렸다. 2사이긴 하지만 만루 상황이었다. 게다가 만루에서만 3점이 나왔다.

이 부담스러운 상황을 강동원에게 넘겨주는 게 내심 미안하기만 했다.

하지만 강동원은 아무렇지도 않은 얼굴로 마운드를 골랐다. 정말로 아무런 부담도 느끼지 않는 것 같았다.

그러자 포수 주효승이 못미더운 얼굴로 한마디 했다.

"야, 강동원. 잘해라. 안타 맞지 말고."

"뭔 소리야?"

"네가 남긴 주자 아니라고 막 던지지 말라는 말이다."

"쓸데없는 걱정 말고 공이나 잘 잡아."

"야! 네 공 따위는 눈 감고도 잡을 수 있으니까 까불지 마라."

"알았다. 알았으니까 빨리 돌아가. 연습 투구 해야 하니까."

강동원은 귀찮다는 듯 손을 휙휙 저었다. 그 모습에 주효 승의 표정이 굳어졌다.

하지만 강동원도 주효승이 마음에 들지 않기는 마찬가지 였다.

주효승의 감독 놀이는 서울에서 야구를 할 때부터 유명 했다. 포수로서 투수를 잘 보듬어야 함에도 주효승은 언제나 제 생각과 감정만을 우선시했다.

그런데도 준수한 장타력과 우투좌타라는 이점 때문에 실 력 이상의 과대평가를 받아왔다.

상황이 이렇다 보니 주효승의 시건방짐은 하늘 높은 줄 모 르고 치솟아 있는 상태였다.

하지만 강동원의 입장에서는 공격력 믿고 까부는 선수 보다는 한승혁처럼 수비력이 뛰어난 포수가 좋았다.

"강동원! 사인 똑바로 보고 던져!"

포수석으로 돌아간 주효승이 다시금 강동원의 신경을 건

드렸다.

"후우……. 넌 아무래도 안 되겠다."

강동원이 이내 눈매를 굳혔다. 아무리 대표 팀이라곤 하지만 저런 포수와는 같이 호흡 맞추고 싶지 않았다.

'넌 좀 빠져 줘야겠다.'

강동원이 천천히 와인드업을 하며 포심 패스트볼을 던졌다. 공은 바깥쪽 꽉 차게 날아가 주효승의 미트에 처박혔다.

다음 공도 포심 패스트볼이었다. 이번에는 한복판 높은 코스. 주효승은 '이쯤이야' 하는 표정으로 강동원의 공을 받아 냈다.

가볍게 몸을 푼 뒤 강동원은 커브를 던지겠다는 신호를 보냈다. 주효승은 마음대로 하라며 대충 미트를 들어 올렸다.

그 순간 강동원의 표정이 바뀌더니 투구판을 박차고 앞으로 튀어 나갔다.

후앗!

강동원의 손가락을 빠져 나간 공이 포물선을 그리더니 홈 플레이트 앞에서 큰 각을 이루며 떨어졌다.

"엇!"

주효승이 화들짝 놀라며 두 무릎을 꿇으며 포구를 하려 했다. 하지만 공은 홈 플레이트 앞부분을 때린 뒤 크게 튀어

올랐다.

그러고는 주효승의 어깨 쪽 장비에 맞고 옆으로 튕겨져 나가 버렸다.

"젠장!"

공을 놓친 주효승이 욕을 내뱉으며 공을 주우러 갔다.

강동원의 커브를 받아내는 건 처음이니 실수를 할 수도 있었지만 주효승의 표정은 딱딱하게 굳어 있었다.

'제기랄, 무슨 커브가 이래?'

주효승은 잔뜩 인상을 쓴 채 다시 커브를 던져 보라며 사인을 보냈다. 그리고 이번에는 꼭 포구하고 말겠다며 단단히 이를 악물었다.

"다시 받아보시겠다? 의욕은 좋지만 어디 쉬울까?"

피식 웃던 강동원이 커브 그립을 쥔 채로 있는 힘껏 공을 내던졌다.

후앗!

포물선을 그리며 날아간 공이 마지막 순간에 뚝 하고 떨어져 내렸다. 그러자 주효승이 마치 공을 덮치듯 홈 플레이트 앞쪽으로 몸을 숙였다.

그런데 공의 낙폭이 처음보다 조금 작아졌다. 마치 포크볼에 가깝게 떨어지더니 주효승의 가랑이 사이로 쏙 하고 빠져나가 버렸다.

"이런 시팔!"

또다시 공을 놓친 주효승이 마스크를 벗어 던지며 자리에서 일어났다. 그러고는 강동원에게 악을 썼다.

"야! 똑바로 안 던질래?!"

주효승은 강동원이 자신을 엿 먹이기 위해 일부러 이상한 공을 던졌다고 여겼다.

하지만 강동원은 대답 대신 더그아웃에 있는 박준태 코치를 바라보았다.

박준태 코치도 강동원과 눈이 마주치자마자 옆에 있는 김운식 감독에게 말했다.

"아무래도 포수를 교체해야 할 것 같은데요."

박준태 코치의 말에 김운식 감독이 고개를 끄덕였다. 어차피 야수들은 언제든지 재투입을 할 수 있으니 나중에 필요할 때 주효승을 내보낼 수 있었다.

"상현아!"

"네, 코치님."

"장비 착용하고 효승이랑 교대해."

"알겠습니다."

박준태 코치가 곧바로 심판에게 포수 교체 사인을 보냈다. 그러자 주효승이 이를 악물며 강동원을 째려보았다.

하지만 강동원은 주효승 쪽은 바라보지도 않았다. 그저 아무 일도 없었다는 것처럼 마운드를 발로 다져 대기만 했다.

"빌어먹을 새끼, 어디 두고 보자."

주효승이 이를 갈며 더그아웃으로 들어갔다. 그사이 포수 장비를 착용한 박상현이 마운드로 향했다.

"너, 일부러 그랬지?"

"뭐가?"

"커브 말야. 두 종류 던지는 거 아니었어?"

박상현의 말에 강동원이 피식 웃었다.

"역시 눈썰미 좋네."

"나한테도 그런 식으로 던질 거야?"

"그럴 리가 있겠냐. 포수라고는 너하고 저 녀석 둘뿐인데."

"그럼 미리 사인 구분하자. 나도 공 놓쳐서 망신당하고 싶진 않으니까."

"알았어."

확실히 박성현은 주효승과는 달랐다. 수비력이 좋은 포수답게 강동원의 구종을 꼼꼼하게 체크했다.

그리고 마지막으로 한 번 더 사인을 점검한 후 마운드를 내려갔다.

"자, 던져 봐."

박상현이 포수석에 자리를 잡자 느낌이 확연히 달라졌다.

주효승은 제 잘난 맛에 제대로 포구 자세를 잡지도 않았다.

무게중심도 높았고 공을 돌려줄 때도 앉아서 던지기 일쑤였다.

하지만 박상현은 달랐다. 안정적인 포구와 깔끔한 프레이밍, 거기에 투수에 대한 배려까지 좋은 포수란 이런 것이라는 정석을 보여주는 것만 같았다.

강동원도 박상현을 위해 남은 연습구를 전부 커브로만 던졌다. 덕분에 박상현도 강동원의 커브를 어느 정도 눈에 익힐 수 있었다.

단곡 대학교 선수들도 강동원의 커브에 눈을 반짝였다. 그들도 봉황기 노히트노런의 주인공인 강동원의 소문은 익히 들어 알고 있었다.

"쟤가 강동원이군."

"그, 커브 잘 던진다는 녀석?"

"소문에는 최동원 선배님 못지않다던데요?"

"야, 그건 오버다. 최동원 선배님이 얼마나 대단했는데. 그런 소릴 해?"

"말이 그렇다는 거지. 누가 뭐랬냐?"

"그래도 말이야. 연습구가 저 정도면 실제로는 더 대단하다는 소리 아냐?"

"그럼 골치 아픈데. 지금도 때려내기 쉽지 않아 보이는데 말야."

단곡 대학교 선수들이 하나같이 고개를 흔들어 댔다. 고등
학교 투수가 던지는 커브야 뻔하다고 생각했지만 확실히 강
동원의 커브는 수준 자체가 달라 보였다.

그렇게 연습 투구가 끝이 나자 포수 박상현이 자리에서 일
어나 내야수들을 향해 소리쳤다.

"자자! 마지막 하나야! 다들 집중해!"

박성현이 노련하게 분위기를 다잡았다. 그러는 동안 단곡
대학교 6번 타자 송만식이 천천히 타석으로 들어섰다.

박상현은 곁눈질로 송만식을 꼼꼼히 살폈다. 타석의 위치
부터 시작해 스탠스, 무게중심, 발끝의 방향까지 무엇 하나
빠뜨리지 않았다.

그 결과 송만식이 바깥쪽 공을 노리고 있다는 사실을 알아
챘다.

'그렇다면 일단 몸 쪽으로 하나 집어넣어 볼까?'

박상현이 손가락을 움직여 강동원의 의사를 물었다.

제1안은 역으로 몸 쪽을 찔러보는 것이지만 강동원이 부
담스러워 한다면 바깥쪽 승부로 바꿀 생각이었다.

하지만 강동원은 다른 투수들처럼 몸 쪽 공을 주저하는 성
격이 아니었다.

'몸 쪽이라. 좋지.'

사인을 확인한 강동원이 고개를 끄덕였다. 그리고 단단히 투구판을 밟았다.

다행히 2사 만루이기 때문에 굳이 세트 포지션으로 던질 필요가 없었다.

"후우⋯⋯."

길게 숨을 고르며 강동원은 글러브 안에서 포심으로 그립을 고쳐 잡았다.

그러면서 잠시 3루 주자를 응시한 뒤 와인드업 포지션에서 힘껏 공을 던졌다.

후앗!

강동원의 손을 떠난 공이 송만식의 몸 쪽을 파고들었다.

퍼엉!

묵직한 공이 그대로 박상현의 미트를 뒤흔들었다.

"스트라이크!"

구심이 가볍게 팔을 들었다.

초구를 지켜본 송만식은 고개를 작게 끄덕였다. 생각보다 공이 날카롭게 느껴진 것이다.

'좋아. 그렇다면⋯⋯.'

송만식의 반응을 끌어내기 위해 박상현이 2구째 바깥쪽으로 빠져나가는 슬라이더를 요구했다.

강동원은 이번에도 박상현의 미트를 향해 공을 힘껏 내던 졌다. 평소 즐기는 구종은 아니었지만 스트라이크존에 던지 는 게 아니라 마음이 편했다.

따악!

원하던 바깥쪽 코스로 공이 들어오자 송만식이 팔을 쭉 뻗 으며 방망이를 휘둘렀다.

하지만 방망이 끝에 걸린 공은 3루 측 더그아웃으로 가는 파울이 되었다.

투 스트라이크.

송만식을 궁지로 몰아붙인 뒤 박형식이 3구째 몸 쪽 하이 패스트볼을 요구했다.

강동원은 군말 없이 포수 미트를 향해 패스트볼을 던졌다. 하지만 송만식이 제때 방망이를 내돌리며 또다시 파울을 만 들었다.

'역시 대학 선수들이군. 그 공을 망설임 없이 휘두르네.'

로진백을 두드리며 강동원이 쓴웃음을 지었다. 고교 야구 선수였다면 헛스윙으로 물러났을 공을 어떻게든 커트해 낸 송만식의 투지가 대단해 보였다.

하지만 여전히 볼카운트는 강동원에게 유리한 상황이 었다.

"후……."

손에 들러붙은 로진 가루를 내불며 강동원이 사인을 기다렸다. 이제 슬슬 커브 사인이 하나 들어올 때가 됐다고 여겼다.

아니나 다를까.

송만식을 힐끔 바라보던 박형식이 손가락을 움직였다.

커브.

그것도 빠르지만 낙폭이 적은 두 번째 커브.

"좋았어."

고개를 끄덕인 강동원이 단단히 커브 그립을 움켜잡았다. 그리고 힘차게 공을 던졌다.

후앗!

강동원의 손을 빠져나간 공이 거의 한복판으로 날아들었다.

'몰렸다!'

송만식은 강동원이 실투를 던진 것이라 생각했다. 그러고는 망설이지 않고 방망이를 돌렸다.

하지만 한가운데로 밋밋하게 날아오던 공은 마지막 순간에 뚝 하고 떨어졌다.

송만식이 이를 악물고 공을 맞춰내려 했지만 이미 가라앉아버린 공을 다시 떠올릴 방법은 없었다.

파앗!

홈 플레이트 앞쪽에서 바운드된 공을 박상현이 단번에 잡아낸 뒤 재빨리 송만식의 엉덩이를 터치했다.

너무 크게 방망이를 휘돌린 탓인지 송만식도 감히 1루로 뛸 생각조차 하지 못했다.

"스트라이크, 아웃!"

그렇게 2회 말 2사 만루 위기를 삼진으로 잡아내며 강동원이 이닝을 끝냈다.

"후우……."

강동원이 날숨을 내쉬며 글러브를 들고 마운드를 내려갔다. 그 모습을 지켜보던 단곡 대학교 한인권 감독이 아쉬운 듯 미간을 찌푸렸다.

"저런 공에 속다니."

송만식을 삼진으로 돌려세운 커브는 본래 강동원이 던지는 커브가 아니었다.

원래 강동원의 커브에 비해 완성도가 훨씬 떨어지는, 급조된 느낌마저 드는 공이었다.

그런데 그걸 거르지 못하고 속다니. 한인권 감독 입장에서는 그저 속이 터졌다.

"고작 고등학교 투수가 던지는 커브다. 저것도 못 치면 프로에 갈 수가 없어. 정신 똑바로 차려!"

한인권 감독이 선수들을 돌아보며 소리쳤다. 그러자 단곡 대학교 선수들이 너 나 할 것 없이 정신을 바짝 차렸다.

"네, 알겠습니다."

"자, 자! 파이팅 하자!"

단곡 대학교 더그아웃이 잠시 소란스러워졌다. 그리고 잠시 후 청소년 대표 팀의 2회 말 공격이 시작됐다.

"이번 이닝은 좀 다를 겁니다."

김성희 타격 코치가 자신만만한 목소리로 말했다. 자신이 직접 나서서 타자들에게 조영민의 공략법을 일러준 만큼 1회와는 다른 결과가 나올 것이라고 여긴 것이다.

그러나 고작 말 몇 마디에 때려낼 만큼 조영민의 공은 만만치 않았다. 게다가 오늘의 조영민은 평소보다 몇 배는 더 집중해서 공을 던지고 있었다.

머잖아 있을 신인 드래프트의 경쟁자들에게 깔보이고 싶지 않았기 때문이다.

반면 타자들은 김성희 타격 코치의 조언도 무시한 채 큰 스윙으로 일관했다. 그 결과가 또다시 삼자범퇴.

"하아, 미치겠군."

김성희 코치의 입에서 절로 앓는 소리가 흘러 나왔다. 그렇게 2회 말 공격이 허무하게 끝나 버렸다.

"성현아, 가자."

경기를 지켜보던 강동원이 벗어놓은 글러브를 챙겨 들고

다시 마운드로 향했다.

3회 초 단곡 대학교 공격은 7번 타자 이병찬으로부터 시작되었다.

'다른 건 필요 없고 커브만 조심하면 돼! 아니, 볼카운트가 몰릴 때까지 커브를 치지 말자.'

이병찬은 타석에 들어서면서 다짐하고 또 다짐했다. 그래서 초구 한복판으로 들어오는 커브를 걸러 버렸다.

문제는 2구 역시 커브가 들어왔다는 점이다.

"스트라이크!"

바깥쪽 아슬아슬하게 걸쳐 들어온 커브를 보며 이병찬의 얼굴이 와락 일그러졌다.

'이 새끼가?'

초구야 허를 찌르기 위해 커브를 던질 수도 있다고 여겼다. 하지만 2구 연속 커브는 이야기가 달랐다.

이병찬이 빠득 이를 갈며 방망이를 힘껏 말아 쥐었다. 아무리 하위 타선이라지만 고작 고등학생에게 무시를 받는 데 기분이 좋을 리 없었다.

하지만 강동원은 전혀 주눅이 들지 않았다. 오히려 단단히 약이 오른 이병찬의 몸 쪽 높은 코스에 포심 패스트볼을 찔러 넣어 헛스윙을 유도해 냈다.

"스트라이크, 아웃!"

3구 삼진으로 첫 타자를 잡아낸 강동원이 여유롭게 마운드를 다졌다. 그사이 8번 타자 타석에 장석훈이 들어섰다.

'커브를 늘렸다 이거지?'

장석훈은 머릿속에 커브의 이미지를 잔뜩 떠올렸다. 하지만 박성현은 초구와 2구, 연속해서 포심 패스트볼을 요구해 투 스트라이크를 이끌었다.

그리고 3구째 강동원에게 커브 사인을 냈다.

"좋아!"

강동원은 자신의 전매특허인 낙차가 큰 커브를 힘껏 내던졌다. 장석훈이 이를 악물고 방망이를 휘둘러 봤지만 머리 위쪽에서 뚝 하고 떨어지는 공을 맞춰내지 못했다.

"젠장!"

장석훈이 방망이를 강하게 손으로 때리며 자신을 질책했다. 그토록 기다리던 커브였는데 투 스트라이크에 쫓기다 보니 제대로 대응을 하지 못했다.

"커브 엄청 떨어진다. 조심해."

"그래, 알았어."

장석훈의 당부를 들은 9번 타자 조재진이 고개를 끄덕이며 타석에 들어섰다.

하지만 장석훈의 조언이 큰 도움이 되는 건 아니었다. 강동원의 공은 커브만 좋은 게 아니었기 때문이다.

대기 타석에서 지켜본 바 커브뿐만이 아니라 던지는 모든 구종이 좋아 보였다.

그래서 조재진은 노림수 자체를 다르게 가져갔다. 커브가 나오기 전에 패스트볼을 공략할 생각이었다.

물론 운이 나빠 연속으로 커브만 들어올지도 몰랐다. 하지만 이 구종, 저 구종 노리기에는 역부족이라고 여겼다.

'일단 커브는 버린다.'

조재진이 이내 마음을 다잡았다.

그 순간.

후앗!

강동원의 손끝에서 새하얀 공이 빠져나왔다.

'커브는 아니야!'

공의 움직임을 파악한 조재진이 곧바로 방망이를 움직였다. 유심히 봐왔던 커브의 궤적은 아니었다. 그렇다면 망설이지 않고 방망이를 내돌릴 필요가 있었다.

따악!

포심 패스트볼 타이밍으로 휘두른 방망이 끝 쪽에서 묵직한 울림이 전해졌다.

조재진이 끝까지 팔로우 스윙을 해봤지만 센터 쪽으로 뻗어 나간 타구는 중견수의 글러브 속에 그대로 빨려들어 가고 말았다.

"젠장! 너무 급했어."

조재진이 한숨을 내쉬며 더그아웃으로 몸을 돌렸다. 그렇게 단곡 대학교의 3회 초 공격도 삼자범퇴로 끝나고 말았다.

"허, 대단하군. 대단해."

강동원의 피칭을 지켜보던 단곡 대학교 한인권 감독은 그저 헛웃음만 났다.

처음에는 타자들이 성급하게 군다 싶었는데 자세히 들여다보니 타자들의 문제가 아니었다. 그보다는 강동원의 투구 자체가 좋았다.

대표 선수로 뽑혔으니 고교 야구 레벨에서 조금 더 잘 던지는 정도라고만 생각했는데 그보다 훨씬 더 대단해 보였다.

앞서 등판했던 투수들과는 비교조차 되지 않았다. 구위도 좋았지만 능구렁이처럼 완급 조절까지 하면 타자들을 상대하는 모습은 대학 야구 에이스들 뺨을 칠 정도였다.

"저 녀석…… 대학교로 안 오려나?"

한인권 감독의 달라진 시선이 강동원을 좇았다. 하지만 강동원은 박상현과 호투의 기쁨을 나누느라 정신이 없었다.

"동원이 너, 진짜 장난 아니다. 포심도 좋지만 이렇게 좋은 커브는 처음 받아봐."

"하하하, 나야말로. 문혁이 말고 이렇게 블로킹 잘하는 포수는 처음 봤다. 게다가 리드도 좋고."

"아냐, 네 공이 좋으니까 통한 거지."

"네가 리드를 잘해준 덕분이야. 난 아무 생각 안 하고 네가 요구하는 대로만 던졌어."

화기애애해진 분위기 속에서 강동원과 박상현은 다음 타자들에 대한 이야기를 나눴다.

그 모습을 지켜보던 김운식 감독과 박준태 코치의 입에서 절로 흐뭇한 미소가 번졌다.

"동원이와 상현이의 호흡이 상당히 좋아 보이는데요?"

"다행이군, 다행이야. 효승이가 동원이의 커브를 감당하지 못해서 걱정했는데 상현이라면 믿고 맡길 수 있겠어."

다른 선수들도 강동원을 새삼스러운 눈으로 바라봤다. 하지만 모두가 다 강동원의 호투를 반기는 건 아니었다.

유재윤과 최충언, 그리고 포수 주효승은 강동원의 입가에 걸린 미소가 마음에 들지 않았다.

"쳇! 잘난 척은……."

"그냥 오늘따라 공이 좋은 것뿐이잖아."

"개자식, 감히 날 가지고 놀아."

세 사람은 강동원의 호투를 인정하려 들지 않았다. 특히나 주효승은 강동원이 자신을 일부러 엿 먹였다며 이를 갈기까지 했다.

그러나 세 사람의 질투와는 달리 강동원은 세 번째 이닝까지 무실점으로 깔끔하게 틀어막으며 투구를 마쳤다.

"이만하면 된 것 같습니다."

"일단 동원이는 합격을 시키고 다음 투수들을 점검해 보자고."

투구 수에 여유가 있었지만 김운식 감독과 박준태 코치는 곧바로 다음 투수를 준비시켰다. 더 이상 강동원을 테스트할 의미가 없다고 판단한 것이다.

김성식 투수 코치는 그 결정이 너무 성급하다고 여겼다. 하지만 뒤이어 등판한 투수들이 전부 실점을 한 탓에 김운식 감독의 결정에 감히 토를 달지 못했다.

10장
세계 청소년 야구 선수권 대회

1

　12회까지 진행된 연습 경기 결과 단곡 대학교가 청소년 대표 팀을 13 대 7로 누르고 승리를 차지했다.

　MVP는 단곡 대학교 에이스 조영민이었다. 6이닝 동안 안타 3개와 볼넷 2개만 허용한 채 청소년 대표 팀 타선을 무실점으로 틀어막았다.

　하지만 청소년 대표 팀이 주인공인 오늘 경기에서 누구보다 빛난 건 다름 아닌 강동원이었다.

　"강동원?"

　경기가 끝나기가 무섭게 단곡 대학교 한인권 감독이 강동원에게 다가갔다.

"안녕하십니까, 감독님."

"그래, 오늘 자네 투구 굉장히 인상 깊었네. 정말 고등학생이 맞나 싶을 정도로 좋았어."

"좋게 봐 주셔서 감사합니다."

"자네, 졸업하고 바로 프로에 갈 생각인가? 아님, 대학에 진학할 생각인가?"

평소 직설적인 성격답게 한인권 감독은 그냥 대놓고 물었다.

"저, 그러니까……. 아직 생각해 보지 않아서……."

강동원은 말을 얼버무렸다. 솔직히 대학을 갈 생각은 없었지만 한인권 감독 앞에서 대놓고 말하기도 쉽지 않았다.

그러자 한인권 감독이 더욱 바짝 다가가며 말했다.

"혹시 말이야. 대학에 진학할 생각이라면 우리 단곡대로 오게. 내가 이사진에게 강력하게 얘기해서 조건 잘 맞춰놓을 테니까 말이야."

"아, 네에……."

강동원이 멋쩍게 웃으며 말끝을 흐렸다. 그때 김운식 감독이 나타났다.

"하하하, 한 감독. 벌써부터 우리 애들 스카우트할 생각인가?"

그 소리에 한인권 감독이 고개를 돌렸다. 그러고는 모자를 벗으며 김운식 감독에게 고개를 숙였다.

"아이고, 감독님 오셨습니까."

"왜? 우리 동원이 욕심나나?"

"이를 말입니까. 솔직히 말해서 아주 많이 욕심이 납니다."

"하하. 욕심도 좋지만 쉽지 않을 걸세. 아마 자네 말고도 더 많은 스카우터가 동원이를 주목하게 될 테니까."

"그래서 제가 이렇게 먼저 오지 않았습니까."

"먼저 침 바른다고 뭐가 다를까?"

"혹시 모르죠. 그거야 당사자 본인이 생각하기 나름이니까요."

김운식 감독은 강동원 레벨의 투수가 대학교로 진학할 가능성은 없다고 봤다. 하지만 한인권 감독은 마지막까지 강동원에 대한 미련을 버리지 못했다.

"대학에 진학할 생각이라면 꼭! 단곡대여야 하네. 알겠지?"

"네에, 감독님."

한인권 감독은 강동원의 억지 대답을 듣고서야 얼굴이 환해졌다. 그러고는 서둘러 김운식 감독에게 인사를 한 뒤 단곡 대학교 선수들이 있는 곳으로 걸어갔다.

"오늘처럼만 하다 보면 이런 일들이 자주 일어날 게다. 번거롭겠지만 익숙해져라. 괜히 날 세워봐야 좋을 것도 없으니까."

"네. 감독님."

"참, 오늘 피칭 정말 좋았다. 고생했다."

"감사합니다."

"그리고 이틀 후 경기에는 등판할 필요 없다."

"⋯⋯예?"

"너 말고도 테스트할 선수가 많아. 넌 선발로 쓰기로 결정을 했으니까 체력적인 관리만 잘해둬라."

"네, 알겠습니다."

"그래."

김운식 감독은 흐뭇한 미소를 머금으며 강동원의 어깨를 툭툭 두드렸다. 강동원의 입가에도 묘한 미소가 번졌다.

과거 그토록 미워했던 김운식 감독인데 이 칭찬 한 번에 그 아쉬웠던 감정이 전부 녹아드는 것만 같았다.

🏀

그로부터 이틀 후 청소년 대표 팀은 두 번째 연습 경기를 가졌다.

이번 연습 경기 상대는 성운 대학교였다. 성운 대학교도 대학 야구 리그에서 알아주는 강호에 속했다.

그래서인지 대표 팀 선수들은 단곡 대학교를 상대할 때보다 단단히 기합이 들어 있었다.

특히나 투수들의 눈빛이 남달랐다. 이미 강동원이 선발 한 자리를 차지했다는 소문이 나돌고 있었다.

그렇기 때문에 이번 연습 경기에서 다들 어떻게든 지난 경기의 부진을 만회하겠다고 이를 악물었다.

'차라리 잘됐어. 강동원이 빠졌으니 신경 쓸 놈도 없고.'

'내 공만 던지면 돼. 어차피 주요 선발 자리는 세 자리니까.'

투수들은 저마다 두 번째 선발 자리에 욕심을 냈다. 하지만 그들이 한 가지 간과한 사실이 있었다.

바로 강동열의 존재였다.

"늦었습니다."

누가 강동원의 사촌 동생 아니랄까 봐 뒤늦게 합류한 강동열은 세 번째 투수로 나서 성운 대학교 타자들을 압도했다.

한 살 어린데도 불구하고 어찌나 야무지게 공을 던지던지 성운 대학교 코칭스태프들마저 혀를 내두를 정도였다.

"으아아아! 제엔장!"

"빌어먹을, 이게 뭐야!"

"사촌끼리 다 해먹겠다 이거냐!"

이번에도 별다른 재미를 보지 못한 투수들은 노골적으로 질투를 드러냈다.

하지만 모든 것이 실력으로 드러난 이상 불만을 가져봐야 아무 소용이 없었다.

"동열이도 괜찮겠어."

"네, 어려서 걱정했는데 쓸데없는 기우였나 봅니다."

김운식 감독과 박준태 코치가 웃으며 고개를 끄덕였다. 이번 세계 청소년 야구 선수권 대회에서 대한민국은 일본, 미국과 우승을 다퉈야 했다.

그런데 미국전에 내세울 만한 투수와 일본전에 내세울 만한 투수가 동시에 나타났으니 마음이 한결 홀가분해졌다.

"확실히 이 둘을 뽑길 잘했어."

김운식 감독이 흐뭇한 얼굴로 말했다. 그 옆에 있던 박준태 코치도 고개를 끄덕였다.

"저는 솔직히 이렇게 잘 던져 줄 것이라고는 생각도 못했습니다. 정말 다행입니다."

"그래, 다행이지."

김운식 감독도 고개를 끄덕였다. 이로써 선발 두 자리는 정해졌다. 이제 남은 선발 자리는 하나뿐이었다.

"나머지 자리는 어떻게 해야 하나?"

"후우……. 글쎄요. 솔직히 아직 누굴 정해야 할지 모르겠습니다. 다들 고만고만해서요."

"흐음……."

"일단 연습 경기가 남아 있으니 마저 테스트를 해봐야 할 것 같습니다."

"알았네. 그리고 타자들은 어떤가?"

"타자들은 어느 정도 윤곽이 잡히고 있습니다. 주전은 얼추 정해졌고 조합적인 부분은 역시 남은 연습 경기를 통해 맞춰야 할 것 같습니다."

"알겠네. 수시로 타자들을 체크하고 컨디션 조절에 만전을 기해주게. 그리고 야간에 자율 훈련이랍시고 너무 무리시키지는 말고."

"알겠습니다."

김운식 감독의 지시대로 박준태 감독은 야간에 선수들의 훈련을 자제시켰다.

하지만 한창 주전 경쟁이 치열해진 터라 선수들 중 누구도 말을 듣지 않았다.

이후 일주일 동안 청소년 대표 팀은 두 차례 더 연습 경기를 치렀다. 그리고 기본적인 실력 점검을 마친 뒤 도쿄로 가기 위해 인천 공항으로 향했다.

"우와! 엄청 크다!"

강동원은 눈에 보이는 모든 것이 신기했다. 여권을 만들 때도 긴가민가했었는데 정말 공항에 도착하고 보니 이제야 대한민국을 떠난다는 게 실감이 났다.

"야, 강동원. 촌놈 티내냐."

"뭐라는 거냐. 멍청아, 동원이 서울 사람이거든?"

"뭐? 진짜? 부산 아니었어?"

"그리고 부산이 촌이냐? 이 대구 촌놈아?"

　며칠 사이에 친해진 선수들이 농담을 걸어왔다. 덕분에 강동원은 까다로운 수속도 즐겁게 마치고 비행기 안에 무사히 오를 수 있었다.

"내 자리가 어디지?"

　강동원이 표를 들고 자리를 찾자 아리따운 스튜어디스가 다가와 말했다.

"좌석 확인 도와드릴까요?"

"아, 네에."

　강동원은 예쁜 스튜어디스에게서 시선을 떼지 못했다. 하지만 스튜어디스는 강동원의 표에만 시선을 두었다.

"저기 안쪽으로 가셔서 오른쪽입니다."

"네, 감사합니다."

"편안한 여행 되세요."

"아, 네에."

강동원은 살짝 붉어진 얼굴로 고개를 끄덕이며 걸음을 옮겼다. 스튜어디스가 가리킨 곳으로 다가가니 정말로 표에 적힌 좌석 번호가 있었다.

"아싸, 창가 자리!"

강동원은 냉큼 창가 쪽에 엉덩이를 붙이고 앉았다. 누가 자신의 짝이 될지는 모르겠지만 생전 처음 탄 비행기의 창가를 양보하고 싶지 않았다. 그런데…….

"어?"

"……."

하필이면 강동열이 좌석 쪽으로 다가왔다.

"여기 형 자리야?"

"어."

"진짜 형 자리 맞아?"

"그럼 내가 다른 사람 자리 앉았겠냐?"

"형 원래 이런 거 잘 못 찾잖아."

"스튜어디스가 알려준 거거든?"

"그런데…… 창가 쪽에 앉을 거야?"

강동열의 시선이 창가 쪽으로 향했다. 하지만 강동원도 이 자리를 내줄 생각이 없는 모양이었다.

"그래."

"양보할 생각은?"

"없어."

"알았어."

강동열은 이내 포기하고 통로 쪽 의자에 앉았다. 그러고는 품속에서 약봉투를 하나 꺼냈다.

"뭐냐."

"몰라도 돼."

"너 어디 아프냐?"

"아냐, 그런 거."

"몸에 좋은 거면 같이 좀 먹자?"

"……신경 안정제."

"왜? 비행기 타면 떨리냐? 짜식, 너도 비행기 처음이구나?"

"나 작년에 미국 다녀왔거든?"

"쳇, 잘났다."

단숨에 신경 안정제를 털어 넣은 강동열은 비행기가 이륙하기가 무섭게 잠이 들어버렸다. 그런 강동열을 바라보던 강동원의 눈빛이 아련하게 바뀌었다.

솔직히 강동열과는 어렸을 때 무척 친하게 지냈었다. 서로 외동이다 보니 친형제처럼 지내기도 했다.

하지만 야구를 시작하고 아버지들끼리 아들 자랑이 지나치면서 서서히 둘의 관계에도 어긋나기 시작했다.

급기야 서로를 라이벌로 인지하기 시작한 이후로는 더욱 어색한 사이가 되어버렸다.

물론 그때까지만 해도 지금처럼 연락을 끊고 살진 않았다. 서로 안부 정도는 챙기며 살았다.

하지만 아버지의 사업이 나빠지고 작은아버지에게 도움을 요청했지만 거절을 당하면서 상황이 달라졌다.

결국 아버지의 사업은 망했다. 빚쟁이들을 피해 도망 다니던 아버지는 교통사고로 돌아가셨다.

물론 모든 게 작은아버지의 잘못이라고는 할 수 없었지만 상황이 이렇다 보니 강동열과 연락을 하는 것 자체가 불가능해졌다.

그 때문에 예전에는 은퇴를 결심한 강동열에게 수고했다는 전화 한 통 할 수 없었다.

물론 과거로 다시 돌아왔다고 해서 강동열이 예뻐 보이진 않았다. 하지만 그렇다고 예전처럼 무작정 미워하고 싶지도 않았다.

그렇게 복잡한 감정 속에 사로잡혀 있을 때 스튜어디스가 기내식과 함께 나타났다.

"이분 주무시나요?"

스튜어디스가 자고 있는 강동열을 가리키며 물었다. 그러자 강동원이 냉큼 말했다.

"네, 자고 있어요."

"그래요? 그럼 깨어나시면 그때 드리도록 할게요."

"아니에요. 그냥 다 주세요. 제가 일어나면 줄게요."

"아, 그리 해주시겠어요?"

"그럼요."

강동원이 그 어느 때보다 환한 얼굴로 대답했다. 그리고 기내식 2인분을 냉큼 챙겼다.

"동열아, 이거 먹을 거야? 뭐 안 먹는다고? 그럼 내가 먹어도 되는 거지? 그래그래, 형이 아주 맛나게 먹어주마."

들릴 듯 말 듯 한 목소리로 혼잣말을 중얼거린 뒤 강동원은 기내식 2인분을 냉큼 먹어 치웠다.

그렇지 않아도 남는 기내식이 있으면 더 달라고 할까 고민했는데 강동열 덕분에 배불리 먹을 수 있을 것 같았다.

"꺼억. 잘 먹었다."

불뚝해진 배를 쓰다듬는 사이 도쿄에 도착한다는 안내방송이 흘러나왔다. 잠깐 사이에 2시간이 훌쩍 지난 것이다.

그때 강동열이 귀신같이 눈을 떴다.

"어? 이야, 시간 딱 맞춰서 일어났네."

강동원이 아무렇지 않은 듯 말했다. 그런데 강동열이 뭔가 이상한지 주위를 한 차례 두리번거린 후 반대편에 앉은 송일섭을 바라봤다.

"일섭 선배, 기내식 안 나왔어요?"

"아, 그거……."

옆에 있던 송일섭이 진실을 말하려는데 강동원과 눈이 마주쳤다. 괜히 일러바치는 느낌이 들었는지 송일섭이 입을 다물었다. 그러자 강동원이 냉큼 말을 받았다.

"나왔지."

"그런데 어딨어?"

"어디 있긴. 진즉 먹었지."

"내 건?"

"너 자는 거 보더니 그냥 가던데?"

"치사하게 안 받아놨어?"

"안 줄 거 같아서 안 물어봤는데."

"그럼 깨워야지!"

"그렇지 않아도 흔들었는데 네가 안 일어났거든?"

강동원은 능청스럽게 거짓말을 늘어놓았다. 강동열은 자꾸 뭔가 이상한지 계속해서 물었다.

"진짜 안 줬어?"

"안 줬다니까."

"형이 두 개 먹고 오리발 내미는 거 아냐?"

"미쳤냐! 내가 두 개를 어떻게 먹냐?"

강동원은 괜히 딴청을 피웠다. 하지만 강동원의 성격을 누구보다 잘 아는 강동열은 여전히 의심의 눈초리를 버리지 못했다.

"솔직히 말해봐. 형이 먹었지!"

"아닌데."

"거짓말하지 마! 형이 먹었구만."

"안 먹었다니까."

"스튜어디스한테 물어본다."

"그러시든가."

그렇게 두 사람이 실랑이하는 사이 비행기는 도쿄 공항에 착륙을 했다.

강동원은 혹시라도 강동열에게 붙잡힐까 봐 서둘러 짐을 챙겨서 내렸다. 강동원이 서두르자 다른 선수들도 모두 부지런히 움직였다.

덕분에 청소년 대표 팀은 신속하게 비행기를 빠져나올 수 있었다. 그렇게 모두 다 모였나 싶었는데 한 명이 보이지 않았다.

"야! 강동열 어디 갔어?"

"강동열요?"

대표 팀 선수들이 강동열을 찾기 위해 두리번거렸다. 그런데 진짜 강동열이 보이지 않았다.

"아 놔, 이 자식 어디 간 거야?"

박준태 수석 코치가 이맛살을 찌푸렸다. 하필이면 제일 어리고 말수 적은 강동열이 사라졌으니 더 걱정이 되는 얼굴이었다.

그때였다.

"저기 와요!"

송일섭이 사람들 사이에 낀 강동열을 발견하고 소리쳤다.

"야, 인마! 어디 갔다가 이제야 나타난 거야."

김성식 코치가 버럭 고함을 질렀다. 강동열은 뚱한 얼굴로 넙죽 고개를 숙였다.

"죄송합니다. 잠시 화장실 좀 다녀오느라고요."

"그럼 말을 하고 가야 할 것 아니야."

"죄송합니다."

"으이그. 진짜! 앞으로 조심해."

"알겠습니다."

겨우겨우 인원 체크를 끝낸 뒤 청소년 대표 팀은 입국 소속을 받기 위해 출입국 사무소로 향했다. 그때부터 강동원은 강동열의 따가운 시선에 시달려야 했다.

어찌나 도끼눈을 뜨고 노려보는지 아직 소화시키지도 못한 기내식이 얹힐 것만 같았다.

'저 자식 설마 진짜로 스튜어디스에게 물어보고 온 건 아니겠지?'

강동원은 마른침을 꿀꺽 삼키며 강동열의 시선을 외면했다. 설사 스튜어디스에게 확인했다고 해도 어쩔 수 없었다. 이렇게 된 이상 아니라고 끝까지 잡아뗄 생각이었다.

8

도쿄 공항에서 나온 대표 팀은 곧바로 예약된 호텔로 이동했다.

선수들은 호텔에 들어가기가 무섭게 방 배정을 받고 곧바로 짐을 풀었다. 하지만 그것도 잠시.

"자, 자! 꾸물거릴 시간 없으니까 빨리빨리 나와라."

박준태 코치의 닦달에 엉덩이 한 번 붙이지 못하고 다시 호텔 옆 훈련장에 집합하는 신세가 됐다.

"찌뿌듯하지? 일단 간단히 몸부터 풀고 시작하자."

선수들이 모이기가 무섭게 김성희 코치가 스트레칭을 시작했다.

"에이, 오자마자요?"

"좀 쉬다가 하면 안 돼요?"

"코치님, 속이 더부룩해요."

선수들이 너 나 할 것 없이 볼멘소리를 냈다. 하지만 코칭 스태프들 중에서도 가장 깐깐하다는 김성희 코치에게 먹힐

리 없었다.

"너희들 대표 팀 선수다. 여기 놀러 온 거 아니야."

김성희 코치가 한마디로 선수들의 불만을 잠재웠다.

"자자, 잔소리 말고 런닝부터 시작해."

"네에."

선수들의 입이 댓 발 튀어나왔지만 김성희 코치는 아랑곳하지 않고 앞장서서 뛰기 시작했다.

그렇게 대표 팀 선수들의 런닝이 시작됐다. 그러는 동안 김운식 감독과 박준태 코치는 선발 순서를 짜느라 정신이 없었다.

세계 청소년 야구 선수권 대회 B그룹 예선 일정은 다음과 같았다.

8월 28일(금) 대한민국 대 남아프리카 공화국

8월 29일(토) 대한민국 대 쿠바

8월 30일(일) 대만 대 대한민국

8월 31일(월) 캐나다 대 대한민국

9월 1일(화) 이탈리아 대 대한민국

한국이 상대할 5개국 중 신경이 쓰이는 나라는 역시나 쿠바와 대만이었다. 캐나다가 다크호스로 불리고는 있지만 이변이 없는 한 대표 팀의 무난한 승리가 예상됐다.

　남아프리카 공화국과 이탈리아전은 손쉽게 잡아낸다고 가정했을 때 쿠바와 대만, 캐나다전 결과에 따라 한국 청소년 대표 팀의 성적이 달라질 터였다.

　"일단 동원이를 쿠바전에, 동열이를 대만전에 넣는 게 좋을 것 같습니다."

　"슈퍼 라운드 일정에는 문제없겠나?"

　"네, 다행히 마지막 경기가 끝나고 휴식일이 넉넉합니다."

　"그렇다면 그렇게 하자고."

　김운식 감독도 별다른 이견 없이 고개를 끄덕거렸다. 애당초 강동원은 미국전, 강동열은 일본전에 대비한 선발이었다.

　쿠바가 미국과, 대만이 일본과 스타일이 비슷하다고 감안했을 때 꼭 잡아야 할 두 경기에 강동원과 강동열을 투입하는 게 당연해 보였다.

　문제는 세 번째 선발 카드였다. 한국에서 네 차례 연습 경기를 치렀지만 아직까지 3선발에 대해 의견이 분분한 상태였다.

　"일단 순서대로 한 경기씩 투입하는 게 어떨까요?"

　"순서대로?"

　"네, 남아공전에 유재윤, 캐나다전에 최충언, 이탈리아전에 송일섭을 넣어보고 셋 중에 가장 성적이 좋은 투수를 슈퍼 라운드에 다시 기용하는 게 좋을 것 같습니다."

"흠⋯⋯."

세계 청소년 야구 선수권 대회의 경기 운영 방식은 다른 대회들과는 달리 독특한 편이었다.

1위부터 12위까지 참가한 모든 팀에 순위가 부여됐다. 그렇다 보니 조편성 덕을 보는 일을 최소로 줄여야만 했다.

일단 12개국은 2개 그룹으로 나뉘어 조별 예선을 치른다.

예선 방식은 풀 리그.

6개국이 각기 5경기씩을 치러 상위 3개국이 슈퍼 라운드로 올라가고 하위 3개국은 순위 결정전으로 떨어진다.

이변이 없는 한 한국 대표 팀이 올라가게 될 슈퍼 라운드는 같은 그룹이 아닌 다른 그룹의 국가들과만 경기를 치른다.

이때 각 그룹 1위는 2승, 2위는 1승 1패, 3위는 2패의 예선 성적을 떠안게 된다. 그리고 각 나라마다 3경기씩을 더 치른 뒤 최종 성적을 합산해 결승전과 3, 4위전, 5, 6위전을 치르게 된다.

한국 대표 팀의 목표는 우승.

우승을 위해서는 슈퍼 라운드에서 최소 2위 안에 들어야 했다.

슈퍼 라운드 누적 순위 2위를 차지하기 위해서는 일단 4승을 거둬야 했다. 이때 경우의 수는 두 가지.

하나는 예선에서 1위를 차지하고 올라가 슈퍼 라운드에서 2승 1패를 거두는 경우(예선 누적 2승+슈퍼 라운드 2승 1패=4승 1패).

다른 하나는 예선을 2위로 통과한 뒤 슈퍼 라운드에서 전승을 거두는 경우(예선 누적 1승 1패+슈퍼 라운드 3승=4승 1패).

어느 쪽이든 쉽지 않은 게 사실이었다. 하지만 자력으로 결승전에 오르기 위해서는 다른 방법이 없었다.

"예선전 목표는 전승이겠죠?"

박준태 코치가 김운식 감독을 바라봤다.

"슈퍼 라운드에서 미국과 일본을 만나게 된다는 걸 가정한다면 예선에서 패배할 여유가 없어."

김운식 감독이 고개를 주억거렸다. 만에 하나 쿠바나 대만에게 덜미를 잡힌다면 우승은커녕 결승전 진출조차 장담하기 어려워지고 말 터였다.

"결국 쿠바전인데요."

박준태 코치가 나직이 말했다. 한국 대표 팀이 분위기를 타느냐, 그렇지 못하느냐는 쿠바전 결과에 달려 있다고 해도 과언이 아니었다.

그런 점에서 대표 팀의 에이스로 급부상 중인 강동원의 활약이 절대적으로 필요한 상황이었다.

"너무 걱정하지 말게. 동원이라면…… 잘할 거야."

김운식 감독이 가볍게 웃었다. 섣부른 확신은 금물이긴 했지만 강동원이라면 대표 팀을 결선까지 잘 이끌어줄 것만 같았다.

4

도쿄에 도착한 지 나흘이 지났다.

그리고 8월 28일 금요일이 밝았다.

오늘은 대한민국 청소년 대표 팀의 첫 번째 경기가 있는 날이었다.

상대는 아프리카의 강호 남아프리카 공화국.

하지만 실제 전력은 강호라는 표현이 무색할 정도였다.

호텔을 나서는 대한민국 청소년 대표 팀 선수단의 표정은 다소 여유가 넘쳐흘렀다.

경기 결과가 어떻게 될지는 끝나 봐야 아는 것이겠지만 선수들 중 누구도 남아프리카 공화국에게 패배할 거라고 생각하지 않았다.

물론 그렇다고 해서 호들갑스럽게 떠드는 이들도 없었다. 다들 태극 마크가 선명하게 찍힌 저지를 입고 조용히 올라 탔다.

"감독님, 인원 이상 없이 모두 탔습니다."

"그럼 출발하지."

"네, 알겠습니다."

박준태 코치가 고개를 끄덕인 후 운전기사에게 고갯짓을 했다.

철커덩.

요란스럽게 문이 닫힌 뒤 곧바로 버스가 도쿄 돔을 향해 출발했다.

그렇게 1시간을 달린 뒤 대표 팀 선수들은 도쿄 돔에 도착할 수 있었다.

"쓸데없이 두리번거리지 마라. 관광 온 거 아니다. 너희가 대표 팀 선수라는 사실을 명심해라."

버스에서 내리기가 무섭게 김성희 코치의 잔소리가 시작됐다. 선수들은 군말 없이 김성희 코치를 따라 로커 룸으로 들어갔다.

그리고 서둘러 가방을 풀고 옷을 갈아입었다.

얼마 지나지 않아 김운식 감독이 로커 룸 안으로 들어섰다.

"준비하면서 듣도록. 오늘 우리 대표 팀은 첫 번째 경기를 치른다. 비록 상대가 남아프리카 공화국이긴 하지만 최선을 다해서 경기에 임해주기 바란다."

김운식 감독의 독려 속에 선수들은 마음을 다잡았다. 안이

한 마음을 먹었던 선수들도 웃음을 삼키고 긴장을 몸에 둘렀다.

잠깐 동안 남아프리카 공화국에 대한 정보를 재확인한 뒤 선수들은 로커 룸을 빠져나와 운동장으로 향했다.

오늘 청소년 대표 팀의 선발은 충은 고등학교 에이스 유재윤이었다.

유재윤은 벤치에 앉아 한참 동안 글러브를 만지작거렸다. 겉으로 보기에는 글러브를 손질하는 것처럼 보였지만 한편으로는 긴장한 티가 역력했다.

"야, 쫄았냐?"

"쫄기는 개뿔. 나 유재윤이야."

"그래, 인마. 알고 있으니까 잘 던져."

"너나 좀 때려라. 너 때문에 지면 가만 안 있는다."

선수들이 돌아가며 유재윤의 긴장을 풀어주었다. 비록 남아프리카 공화국이 약체라곤 하지만 대표 팀의 첫 번째 경기였다.

어떤 대회건 스타트를 잘 끊어야 끝이 좋았다.

그렇다 보니 대표 팀의 상승세를 이끌어야 하는 제법 막중한 임무를 부여받은 유재윤이 긴장하는 것도 무리가 아니었다.

하지만 김운식 감독을 비롯해 코칭스태프들은 느긋한 표

정이었다. 이런저런 변수가 발생한다 하더라도 청소년 대표 팀이 남아프리카 공화국에게 패배할 일은 없다고 확신해도 될 정도였다.

강동원도 비교적 여유로운 얼굴로 운동장을 바라봤다. 바로 내일, 유재윤이 서 있는 마운드에 올라 강호 쿠바를 상대해야 했지만 강동원은 신경 쓰지 않았다.

적어도 지금만큼은 생에 처음으로 참석한 세계 청소년 야구 선수권 대회의 분위기를 있는 그대로 만끽하고 싶었다.

5

"플레이 볼!"

구심의 외침과 함께 1회 초 한국 청소년 대표 팀의 공격이 시작되었다.

남아프리카 공화국의 투수는 에이스라 불리는 모리리가 올라왔다. 야구 불모지나 다름없는 남아프리카 공화국에서도 좋은 공을 던지는 투수로 인정을 받고 있다고 했다.

모리리는 이번 대회에서 슈퍼 라운드에 올라가 메이저리그 진출을 이루겠다는 뜻을 드러냈다.

하지만 최고 구속 141㎞/h에 불과한 포심 패스트볼로는 대한민국 타자들을 요리할 수 없었다.

따악!

모리리를 상대로 청소년 대표 팀 타자들은 1회 초부터 불방망이를 뿜어댔다. 사사구 없이 5개의 안타를 몰아쳐 가볍게 3점을 뽑아낸 것이다.

하지만 뒤이어 마운드에 오른 유재윤은 긴장감을 늦추지 않았다.

이번 예선전 성적에 따라 슈퍼 라운드에 등판할 선발이 정해지는 만큼 최선을 다해 남아프리카 공화국을 잠재울 생각이었다.

"어떻게 할래?"

"처음부터 전력으로 던져야지."

"그거야 당연하거고. 일단은 제구 위주로 가자."

"제구?"

"구속을 좀 떨어뜨린다고 해도 타자들이 네 공을 제대로 칠 수 있을 것 같지 않아. 그러니까 편하게 던지라고."

"그래, 알았다. 네가 던지라는 대로 던질게."

"좋아, 맡겨 달라고."

유재윤과 상의를 마친 박상현이 가벼운 발걸음으로 마운드를 내려갔다. 그리고 잠시 후 남아프리카 공화국의 1회 말 공격이 시작되었다.

선두 타자는 1번 타자 시야봉가. 방망이를 움켜 쥔 모양새가 제법 야무져 보였다.

유재윤은 로진백을 털어내며 길게 한숨을 내쉬었다.

'방심하지 말자. 침착하게. 상현이 사인 대로 던지자.'

속으로 주문을 외우며 유재윤이 박상현을 바라봤다.

박상현의 초구 사인은 포심 패스트볼이었다. 그것도 한복판의 공을 요구했다. 유재윤의 긴장을 풀어주면서 동시에 시야봉가의 기도 꺾어보겠다는 판단이었다.

"한복판으로 던져도 맞지 않는다 이거지?"

고개를 끄덕인 유재윤이 천천히 와인드업을 했다. 두 눈을 박상현의 미트에 고정시킨 뒤 발을 힘차게 내디디며 공을 내던졌다.

후앗!

빨랫줄 같이 뻗어간 공은 그대로 홈 플레이트 한복판을 파고들었다. 시야봉가가 화들짝 놀라며 방망이를 휘둘러 봤지만 그보다 한참 먼저 공은 포수 미트 속에 파묻혔다.

퍼어엉!

요란한 포구 소리가 그라운드에 울려 퍼졌다. 뒤이어 전광판에 150㎞/h라는 구속이 찍혔다.

순간 남아프리카 공화국 선수들의 입에서 경악성이 터져 나왔다.

"봐, 봤어?"

"150㎞/h? 정말 150㎞/h이나 되는 공을 던지는 거야?"

"저 녀석, 한국의 에이스도 아니잖아."

"으으. 젠장할. 저 공을 어떻게 치란 말이야?"

남아프리카 공화국 선수들은 여태껏 이렇게 빠른 공을 본 적이 없었다.

그건 타석에 들어 선 시야봉가도 마찬가지. 눈을 크게 뜬 채 놀란 표정을 감추지 못했다.

박상현이 유재윤에게 공을 던져 주며 소리쳤다.

"나이스 볼!"

유재윤은 공을 받으며 마운드에 다시 섰다. 그 공 하나로 유재윤의 긴장감은 눈 녹듯 사라졌다.

시야봉가의 얼빠진 표정과 웅성거리는 남아프리카 공화국 더그아웃. 이것만 봐도 청소년 대표 팀보다 한 수, 아니, 서 너 수 아래라는 게 증명이 됐다.

'그래, 긴장할 필요 없어. 내가 평소 던지는 대로만 하면 돼. 평소대로만.'

속으로 다시 주문을 외운 뒤 유재윤이 힘차게 2구째를 던 졌다.

퍼엉!

순식간에 홈 플레이트를 스쳐 지난 공은 역시 패스트볼이 었다. 이번에는 한복판이 아니라 바깥쪽에 꽉 들어차는 코스였다.

후웅!

시야봉가가 다급히 방망이를 휘둘러 봤지만 이미 공은 포수 미트에 들어간 후였다.

그렇게 눈 깜짝할 사이에 투 스트라이크가 만들어졌다.

"별거 아니네."

유재윤의 얼굴에 자신감이 번졌다.

박상현은 3구째도 포심 패스트볼을 요구했다. 그러면서 마음대로 던지라는 사인을 보냈다.

유재윤이 어떻게 던지더라도 시야봉가가 때려내지 못할 거라고 판단했다.

아니나 다를까.

퍼엉!

거의 한복판에 가깝게 들어온 몸 쪽 포심 패스트볼에 시야봉가는 또다시 헛스윙을 하고 말았다.

"크윽!"

시야봉가가 이를 악물며 몸을 돌렸다. 일본과 함께 아시아 최강을 다툰다는 한국이 만만치 않을 거라 예상은 했지만 이정도로 강할 줄은 미처 몰랐던 모양이었다.

더그아웃으로 몸을 돌린 시야봉가를 기다리며 2번 타자 아루아타가 놀란 눈으로 물었다.

"어때? 많이 빨라?"

"후우……. 생각보다 엄청 빨라. 솔직히 타이밍 맞추기가 힘들어."

"제기랄, 그럼 어떻게 해야 하지?"

아루아타의 표정이 암울하게 변했다. 남아프리카 공화국 대표 팀 타자 중에서는 그래도 가장 타격 센스가 좋다는 시야봉가가 공을 건드려 보지도 못하고 헛스윙 삼진으로 물러났으니 자신이라고 별수 없을 거라 여겼다.

'뭐야? 벌써 겁먹었잖아?'

아루아타를 힐끔 바라보던 박상현이 헛웃음을 흘렸다. 고작 한 타자 상대했을 뿐인데 이 정도라면 굳이 제구 위주의 리드를 할 필요도 없어 보였다.

'좋아. 이제부터 진짜 맘대로 던져라.'

박상현은 코스는 버린 채 유재윤에게 구종만 요구했다. 박상현의 속내를 읽은 유재윤도 씩 웃으며 모처럼 맘 편히 공을 내던졌다.

그 결과.

"스트라이크 아웃!"

2번 타자 아루아타는 방망이 한 번 휘둘러 보지 못하고 스탠딩 3구 삼진을 당하고 말았다.

뒤이어 타석에 들어선 3번 타자 마르쿠스도 마찬가지.

"스트라이크 아웃!"

또다시 삼진을 당하진 않겠다며 이를 악물고 타석에 들어왔지만 유재윤의 현란한 변화구 앞에 헛스윙 삼진으로 물러나고 말았다.

세 타자 연속 삼진.

그것도 연속 3구 삼진.

유재윤의 압도적인 호투 속에 남아프리카 공화국의 1회초 공격이 6분 만에 끝나 버렸다.

유재윤은 땀 한 방울 흘리지 않고 유유히 마운드를 내려왔다. 그 뒤로 대표 팀 선수들이 엉덩이를 때리며 한마디씩 했다.

"야, 초반부터 너무 세게 던지는 거 아냐?"

"천천히 해, 인마. 너 기합 소리가 외야까지 들린다고."

"뭘 그렇게 힘을 빼는 거야. 그냥 맞춰 잡아. 우리도 공 좀 잡아보게."

"안타 세 개까지는 봐줄게. 그러니까 막 던지라고."

유재윤은 동료들의 농담에 웃음으로 화답했다. 하지만 동료들의 말처럼 정말로 남아프리카 공화국 타자들을 맞춰 잡을 생각은 없었다.

이후로도 유재윤은 남아프리카 공화국 타자들을 단 한 명도 출루시키지 않았다. 연속 삼진 기록은 5개에서 깨지자 그다음부터는 아예 투심 패스트볼과 포크볼만 내던졌다.

남아프리카 공화국 타자들을 상대로 새로 장착한 포크볼의 실전 연습을 해버린 것이다.

유재윤이 마운드를 지키는 동안 대표 팀 타자들도 차근차근 점수를 뽑아냈다.

1회 3점을 시작으로 2회 5점, 3회 4점, 4회 2점, 5회 3점을 추가했다. 그렇게 17 대 0이라는 압도적인 점수 차이가 만들어졌다.

청소년 대표 팀 타자들은 선발 교체 할 것 없이 전원 안타를 기록했다. 반면 남아프리카 공화국 타자들은 4회까지 단 한명도 유재윤을 상대로 안타를 때려내지 못했다.

상황이 이렇게 되자 남아프리카 공화국 더그아웃은 콜드 게임을 걱정하는 처지에 몰리고 말았다.

세계 청소년 야구 선수권 대회 규정 상 5회 이후 15점, 7회 이후 10점 차 이상이 날 경우 콜드 게임 요건을 갖추게 된다.

남아프리카 공화국이 5회 말 공격에서 3점 이상을 뽑아내지 못할 경우 5회 15점 차 콜드 게임이 성립되는 상황이었다.

"다들 정신 차려!"

"이러려고 일본까지 온 게 아니야!"

남아프리카 공화국 코칭스태프들이 선수들을 독려했다.

하지만 5회에도 마운드에 오른 유재윤은 6회까지 경기를 끌고 갈 생각이 전혀 없었다.

4번 타자를 또다시 3구 삼진으로 잡아낸 뒤 5번 타자를 유격수 앞 땅볼로 유도했다.

정확하게는 5번 타자 푸안케가 힘껏 휘두른 공에 포크볼이 걸려 버린 형태였지만 두 번째 아웃 카운트를 잡아내는 데는 아무런 무리가 없었다.

그리고 어쩌면 마지막일지 모를 6번 타자 눔베떼를 상대로 유재윤은 포심 패스트볼 두 개를 던져 투 스트라이크를 잡아냈다.

"크으으!"

순식간에 사라져 버린 2루를 지켜보던 눔베떼가 질근 입술을 깨물었다. 그러고는 유재윤이 투구 동작에 들어가자 어떻게든 살아나가겠다며 번트 자세를 취했다.

하지만 하필이면 유재윤이 내던진 공이 포크볼이었다.

퍼엉!

눔베떼의 방망이를 스쳐 지난 공이 그대로 박상현의 미트에 파묻혔다.

"스트라이크! 아웃!"

구심의 요란스러운 목소리가 경기 종료를 알렸다.

"나이스 피칭, 재윤아."

박상현은 마스크를 벗고 마운드로 걸어가 유재윤에게 손을 내밀었다.

"너야말로. 내 공 이렇게 잘 받아주는 포수는 네가 처음이다."

유재윤은 모든 공을 박상현에게 돌렸다. 만약 박상현이 아니라 주효승이었다면 편하게 포크볼을 내던지지 못했을 것이다.

그렇게 유재윤은 삼진 9개를 솎아내며 대한민국 청소년 대표 팀의 첫 승을 이끌어 냈다.

"고생했다."

"수고했어."

"역시 충은고 에이스 유재윤이야."

대표 팀 선수들이 유재윤과 하이파이브를 나누었다. 선발에서 밀렸다는 충격에 표정이 굳어 있었던 유재윤도 그제야 환하게 웃어 보였다.

"재윤이가 다시 살아난 것 같습니다."

"그래, 저 모습을 보려고 대표 팀에 데려온 거니까."

김운식 감독을 비롯해 코치진들도 흡족한 미소를 머금었다. 슈퍼 라운드가 어떻게 치러질지 모르는 상황에서 유재윤의 호투는 의미하는 바가 컸다.

하지만 김운식 감독은 코칭스태프는 물론이고 선수들에게

도 지나치게 들뜨지 말 것을 요구했다.

내일은 쿠바와의 결전이 예정되어 있었다. 내일 경기 결과에 따라 청소년 대표 팀의 우승 전략 자체가 달라질 수밖에 없었다.

"후우……."

쿠바전 선발로 내정된 강동원은 길게 한숨을 내쉬었다. 솔직히 벌써부터 긴장이 되었다. 하지만 왠지 질 것 같다는 느낌은 들지 않았다.

'과거로 돌아왔는데 고작 여기서 패배하면 말이 안 되지.'

강동원이 가볍게 주먹을 움켜쥐었다. 유재윤이 좋은 분위기를 만들었는데 그걸 자신의 차례에서 깨고 싶은 마음은 눈곱만큼도 없었다.

§

청소년 대표 팀이 머물고 있는 도쿄의 모 호텔.

끼이익.

그 앞으로 대한민국 청소년 대표 팀이 탄 버스가 도착을 했다.

제일 먼저 김운식 감독과 코치진들이 내렸다. 그 뒤로 선수들이 차례대로 모습을 드러냈다.

호텔 앞에는 경기장까지 와서 응원했던 교포들이 나와 플래카드를 흔들어 대고 있었다.

"1승 축하해요."

"감독님! 첫 승 축하합니다."

"대한민국 파이팅!"

　대표 팀 선수들은 교포들에게 가볍게 손을 흔들어주었다.

　고작 남아프리카 공화국을 상대로 이런 환대를 받는 것 자체가 쑥스러웠지만 같은 핏줄이라는 이유만으로도 응원을 온 교포들을 보니 괜히 기분이 좋아졌다.

　방에 들어가 짐을 내려놓은 뒤 대표 팀 선수들은 곧바로 대회의실로 들어갔다. 그곳에서 간단히 오늘 경기에 대한 정리를 한 후 휴식을 취하기로 했다.

"오늘 모두 고생 많았다."

　김운식 감독이 조용히 운을 뗐다. 그러자 잔뜩 상기된 선수들의 시선이 김운식 감독을 향해 몰려들었다.

"다들 피곤할 테니 긴 말은 하지 않겠다. 1승을 거두었지만 방심하지 말자. 우리의 목표가 무엇인지 잊지 말고. 마지막까지 긴장을 늦추지 말고 최선을 다하도록 하자. 알겠지?"

"네!"

"그래, 그럼 일단 씻고 식사하도록 하자."

　김운식 감독이 씩 웃고는 자리에서 내려왔다. 그리고 박준태 수석 코치가 다시 단상에 올랐다.

"짜식들아, 피곤하냐?"

"아니요."

"그래, 솔직히 남아프리카 공화국 이겨놓고 피곤하다고 하면 그렇잖아. 안 그래? 그리고 유재윤?"

"네."

유재윤이 크게 대답하며 손을 들었다.

"오늘 잘 던졌다! 첫 스타트를 잘 끊었어. 고생했다."

"감사합니다."

유재윤이 애써 담담한 얼굴로 고개를 끄덕였다. 최약체 남아공을 상대로 그 정도 던지는 것은 어쩌면 당연한 것이었다.

진짜 칭찬은 나중에 슈퍼 라운드에 올라가 호투한 다음에 받을 생각이었다.

"어쨌든 이제부터 시작이다. 내일 쿠바전인 거 다들 알고 있지?"

"네!"

"오늘 이 기세를 살려서 내일도 꼭 이기자! 내일만 이기면 결승 진출은 큰 문제없을 거다. 알았지?"

"네, 코치님!"

"그래, 오늘은 여기서 끝내고 감독님 말씀대로 씻고 6시

45분까지 식당 앞으로 집합하도록. 쓸데없이 호텔 밖을 나가려고 까불다가 걸리면 알지?"

박준태 코치가 눈을 게슴츠레 뜨며 말했다. 그러자 일탈을 꿈꾸던 몇몇 선수의 표정이 뜨악하게 변했다.

"노파심에 하는 말이지만 만약 대표 팀 규율을 어기고 호텔을 나가는 놈이 있다면 곧장 대한민국으로 가는 비행기 표를 받게 될 테니까 그리 알아라. 나중에 우승하고 나서 충분히 놀 수 있는 시간 줄 테니까 그때까지는 경기에 집중하자. 알았지?"

"네, 알겠습니다."

박준태 코치는 이만큼 말하면 선수들이 알아들을 거라 여겼다. 하지만 몇몇 선수는 지나친 규율에 숨이 막히다는 반응이었다.

"에이, 도쿄까지 왔는데 밖에 나가지도 못하고 이게 뭐야."

"그냥 몰래 나갈까?"

"야, 그러다 들키면 어떻게 하려고?"

"븅신아, 안 들키면 되지."

"됐어. 니들끼리 놀아라. 난 쉴 테니까."

"새끼, 쫄보였네."

"쫀 거 아니거든?"

"아니긴 뭐가 아냐? 그럼 끼던가."

"됐다니까?"

강동원은 분위기에 휩쓸리지 않으려 조용히 자리에서 일어났다. 아이들과 어울리는 것도 좋지만 그보다는 내일 경기를 대비할 필요가 있었다.

그때였다.

"동원아."

낯익은 목소리가 뒤쪽에서 들려왔다.

강동원이 슬쩍 고개를 돌렸다. 그곳에는 포수 박상현이 서 있었다.

"왜?"

"너 내일 선발이잖아. 그래서 말인데 나랑 대충이라도 사인을 맞춰야 하지 않겠냐? 물론 내일 맞춰도 되지만 그래도 미리 생각 난 김에……."

"뭐 어려운 일도 아닌데 그러자."

강동원이 흔쾌히 고개를 끄덕였다. 그러자 그 옆으로 박상현이 앉으며 곧바로 손가락을 내밀었다.

"봐봐, 어차피 패스트볼이나 다른 사인은 같으니까 필요 없고 우선 네가 가진 커브볼에 대해서만 사인을 맞추자."

포수답게 박상현이 대화를 리드했다.

"일단 넌 커브가 두 종류잖아? 그거 정확하게 구분해서 던질 수 있는 거야?"

"그럼. 그러니까 던지는 거지."

"내가 이해하는 게 맞는지 한번 설명해 줄래?"

박상현의 정중한 요구에 강동원이 고개를 끄덕거렸다.

"원래 던지는 커브는 일반적인 커브야. 느리면서 낙차가 큰 커브지. 그러다 새로 그립을 바꿔 던지는 커브는 낙차는 작지만 원래 던지던 커브보다는 빠른 편이야."

"아, 그렇구나. 그럼 이렇게 구분하는 게 어떨까? 본래 던지던 커브는 커브 1, 추가로 던지는 커브는 커브 2."

"좋아. 문혁이하고도 그렇게 구분해 왔으니까."

"문혁이?"

"한문혁이라고 내 짝꿍."

"아, 해명 고등학교 포수? 그럼 좋아. 사인은……."

잠시 고민을 하던 박상현이 엄지와 새끼손가락을 편 채 흔들었다.

"이걸로 할까? 커브 2?"

강동원이 고개를 끄덕였다.

"그게 좋겠다. 그런데 이번 쿠바전에는 커브 2는 사용하지 않았으면 하는데."

"응? 커브 2? 아니, 왜?"

"사실 아직 미완성이거든. 섣불리 사용했다가 크게 맞으면 위험할 것 같아서. 쿠바 선수 대부분이 스윙이 크고 빠르더라고. 낙폭이 적은 커브 2보다는 커브 1이 더 효율적일 것 같아."

"그래? 투수인 네가 그렇다면야……."

박상현이 아쉬운 듯 고개를 끄덕였다.

"어쨌든 오늘은 푹 쉬어. 쟤들하고 어울리지 말고."

"걱정 마. 나도 방에 있을 생각이었으니까."

식사를 마친 강동원은 잠깐 놀다 오자는 선수들의 유혹을 뿌리치고 방으로 올라왔다.

박준태 코치는 물론이고 김성희 코치와 김성식 코치가 눈을 시퍼렇게 뜨고 지키고 있는데 탈출을 감행해 봐야 통할 리 없다고 여겼다.

"내일 잘 던져야 하는데."

침대에 벌렁 드러누우며 강동원이 혼잣말처럼 중얼거렸다. 그러다 불현듯 어떤 사실이 머릿속을 스쳐 지났다.

'참, 생각해 보니 원래 대표 팀이 예선에서는 전승을 거두고 슈퍼 라운드에 진출했었지?'

기억 속 세계 청소년 야구 선수권 대회에서 청소년 대표 팀의 예선 성적은 5전 전승으로 1위. 그렇다는 건 쿠바를 상대로 승리를 거두었다는 이야기다.

'그때 선발이 누구였지?'

강동원이 미간을 찌푸려 보았다. 하지만 거기까지는 기억이 나지 않았다. 솔직히 그땐 자신을 빼고 간 대표 팀에 별로 관심조차 없었다.

이런 말 하긴 그렇지만 이기든 지든 신경을 쓰지 않았다.

하지만 지금은 그때 잘 봐둘걸 하는 아쉬움이 들었다. 내일 상대할 쿠바 선수들에 대한 장단점을 파악해 두었다면 더 좋았을 텐데.

이제 와서 아쉬워해 봤자 아무 소용없겠지만 막상 선발로 나서야 한다니 별의별 생각이 머릿속을 떠나지 않았다.

"젠장. 모르겠다. 일단 잠이나 자자."

슬쩍 핸드폰을 바라본 강동원이 이불을 뒤집어썼다. 경기 전날에는 푹 자는 습관이 있었다.

지금부터 자두지 않으면 내일 좋은 컨디션으로 공을 던지기 어려울 것 같았다.

강동원은 이런저런 생각을 하다가 자신도 모르게 꿈나라로 빠져들어 갔다. 얼마 지나지 않아서는 코를 드르렁드르렁 골기까지 했다.

그때 문이 열리며 투수 송일섭이 들어왔다.

"허, 이 자식은 팔자도 좋네. 내일 선발이면서 긴장도 되지 않나 봐."

송일섭이 강동원을 바라보며 혀를 내둘렀다. 자신은 이탈리아전 선발로 낙점된 이후로 잠도 오지 않는데 아무렇지도 않게 잘 자는 강동원을 보니 내심 부럽기까지 했다.

하지만 그것도 잠시.

"그런데 내가 잠을 못 자는 게 신경 쓰여서인 거야. 아니면 다른 이유가 있는 거야?"

송일섭이 슬쩍 눈을 흘겼다. 요즘 들어 묘하게 익숙해지고 있는 강동원의 코골이 소리가 의심스러워지기 시작했다.

"일단 오늘은 내버려 두고 내일 한번 따져야겠어."

화장실에 들어가 간단하게 양치를 한 뒤 송일섭이 침대에 누웠다.

드르릉. 드르릉.

마치 드릴 갈리는 소리가 자장가처럼 고막을 간질였다.

7

다음 날.

청소년 대표 팀은 경기 시각에 맞춰 도쿄 돔에 들어섰다.

어제 첫 경기를 치러서 그런지는 몰라도 선수들의 표정은 밝았다. 조금씩 긴장은 했지만 도쿄 돔의 분위기에 어느 정도는 적응을 끝마친 모습이었다.

"자, 자! 일단 몸부터 풀어라!"

김성희 코치의 주도 속에 선수들은 빠르게 몸을 풀었다.

그리고 얼마 지나지 않아 경기장에 쿠바 선수들이 하나둘 들어오기 시작했다.

"야, 야. 왔다."

"붕신아! 쳐다보지 마!"

"누구보고 붕신이래? 대놓고 안 봤거든?"

"어쨌든! 당당하게 굴어! 당당하게!"

대표 팀 선수들은 너 나 할 것 없이 경계 어린 눈으로 쿠바 선수들을 탐색했다. 그건 쿠바 선수들도 마찬가지였다.

검은색 피부 덕분에 더욱 날카로워 보이는 눈으로 청소년 대표 팀을 한 명도 놓치지 않고 살피고 또 살폈다.

그때였다.

퍼엉!

저만치서 묵직한 미트 소리가 들려왔다.

자연스럽게 대한민국 선수들의 시선이 소리가 들린 방향으로 향했다. 쿠바 더그아웃 앞쪽에서 키가 큰 선수 하나가 포수를 앉혀 놓고 공을 던지고 있었다.

"우와, 저 새끼 뭐야."

"키가 대체 얼마나 큰 거야?"

"쟤는 왜 야구하고 난리야? 농구해도 되겠는데?"

"팔 긴 것 좀 봐라. 마운드 위에서 던지면 장난 아니겠다."

가볍게 스트레칭을 하던 강동원의 시선도 쿠바 선수에게

향했다.

'저 녀석이 쿠바의 에이스인가 보지?'

경기 전 예고된 쿠바의 선발 투수는 프레드 알바레스.

최고 구속 160㎞/h 던지는 우완 정통파 투수였다.

키는 무려 197㎝로 상당한 장신이었지만 그만큼 몸이 유연한 편이었다.

자국 내에서는 메이저리그 최고의 좌완 투수 중 한 명인 앤디 존슨을 빼다 박았다는 평가가 나올 정도였다.

덕분에 프레드 알바레스는 일찌감치 메이저리그 스카우터의 표적이 되어 있었다.

지금도 마찬가지. 메이저리그 스카우터들은 일찌감치 나와 프레드 알바레스를 지켜보고 있었다.

"오늘 알바레스의 컨디션이 좋아 보이는데?"

"확실히 괜찮은 거 같아. 미트 소리가 쩌렁하게 울리니까."

"여긴 도쿄 돔이잖아. 그 영향도 배제할 순 없지."

"하하. 그렇다곤 해도 저렇게 위력적인 공은 아무나 던질 수 있는 게 아냐. 적어도 한국 대표 팀에는 저런 투수가 없을 테니까."

메이저리그 스카우터들이 한목소리로 프레드 알바레스를 추켜세웠다.

실제로 미국 내에서도 프레드 알바레스가 연말에 메이저

리그에 넘어온다면 선발 로테이션 한 자리 정도는 어렵잖게 꿰찰 거란 의견이 지배적이었다.

"그건 그렇고 오늘 경기는 어떻게 될까?"

"어떻게 되긴. 보나마나 쿠바가 이기겠지."

"한국을 너무 무시하는 거 아냐? 아시아에서는 일본 다음이라고."

"한국 타자들 중에 프레드 알바레스의 공을 때려낼 만한 타자가 누가 있겠어?"

"어디 그뿐인가? 쿠바 타자들을 어떻게 감당할 건데? 알바레스 때문에 가려지긴 했지만 각 구단에서 탐내는 타자들이 어디 한두 명인가?"

"이건 보나마나 한 싸움이라고. 프레드 알바레스가 한국의 선발로 나와도 이기기 어려워."

메이저리그 스카우터들이 인정할 정도로 쿠바에는 뛰어난 재능을 가진 선수가 많았다.

리드오프로 쿠바 공격을 진두지휘하는 알렉세이 벨라. 팀 공격이 안 풀릴 때마다 화끈한 한 방 능력을 과시하는 클린업 트리오 로메 산토스, 다니엘 모레아, 데이비드 카스티오.

프레드 알바레스만큼은 아니지만 이들 모두 메이저리그 스카우터들의 관심 속에 머무르고 있었다.

반면 강동원과 한국 대표 팀에 대한 평가는 박했다.

"그래도 몰라. 오늘 선발 강동원이라고."

"강? 그가 누군데?"

"커브가 좋은 한국 투수야. 지난 대회에서는 노히트노런도 기록했다고."

"그래 봐야 한국 레벨이잖아. 그 실력이 세계무대에서도 통할 거라 생각하는 거야?"

"한국의 메이저리거들이 제법 활약하고 있다는 건 인정해. 하지만 다들 프로 선수들이라고. 아마추어 레벨에서 한국은 더 이상 관심의 대상이 아냐."

대부분의 메이저리그 스카우터는 강동원을 무시했다. 설사 강동원이 기대 이상의 투수라 하더라도 프레드 알바레스에게는 안 될 거라고 여겼다.

하지만 강동원은 메이저리그 스카우터들의 시선 따위에는 별다른 관심을 두지 않았다. 그저 묵묵히 몸풀기에 집중했다.

'한 바퀴, 아니, 두 바퀴 정도 돌면 타자들도 저 녀석의 공에 익숙해질 거야. 그때까지 버티자. 내가 버텨야 우리가 이길 수 있어. 원래 이겼던 경기였잖아? 정신 바짝 차리자. 강동원.'

강동원은 단단히 마음을 다잡았다. 자신이 먼저 무너지지만 않는다면 아마 야구 최강이라 불리는 쿠바도 얼마든지 잡아낼 수 있다고 굳게 믿었다.

그렇게 워밍업을 끝낸 양 팀 선수들이 더그아웃으로 돌아갔다. 그리고 잠시 후.

"플레이볼!"

경기가 시작됐다.

1회 초, 대한민국의 공격.

선두 타자 강덕진이 타석에 들어섰다.

"쫄지 마. 충분히 칠 수 있어."

강덕진은 평소 스타일처럼 방망이를 짧게 움켜쥐었다.

장타력은 떨어지지만 맞히는 재주만큼은 프로에서도 통한다는 평가를 받고 있는 만큼 프레드 알바레스도 얼마든지 공략해 낼 수 있다고 믿었다.

하지만 프레드 알바레스의 공은 강덕진의 생각보다 훨씬 빠르고 위협적이었다.

특히나 2미터에 가까운 큰 키에서 내리꽂히는 공의 궤적은 감각만으로 때려낼 수 있는 게 아니었다.

"스트라이크 아웃!"

그렇게 강덕진은 공 한번 건드려 보지도 못하고 3구 삼진으로 물러났다. 뒤이어 타석에 들어선 2번 타자 안상헌도 마찬가지.

"스트라이크 아웃!"

157km/h를 넘나드는 프레드 알바레스의 포심 패스트볼에 좀처럼 타이밍을 맞추지 못했다.

"새끼. 빠른데?"

대기 타석에서 타이밍을 맞추던 3번 타자 이진혁이 씩 웃어 보였다. 메이저리그 스카우터들이 눈독을 들인다더니 확실히 포심 패스트볼 하나만큼은 장난이 아니었다.

하지만 이진혁도 빠른 공 하나만큼은 자신이 있었다.

"어디 던져 봐라!"

프레디 알바레스의 손끝에서 공이 빠져 나오기가 무섭게 이진혁이 힘껏 방망이를 휘둘렀다.

초구는 헛스윙이었다. 방망이보다 공이 먼저 홈 플레이트를 스쳐 지났다.

2구 역시 헛스윙이었다. 하지만 이번에는 공과 방망이의 간격이 확연히 줄어들었다.

그리고 3구째,

딱!

이진혁이 대표 팀 타자들 중 처음으로 포심 패스트볼을 건드는 데 성공했다.

"후우……."

자신감을 얻은 이진혁이 길게 숨을 골랐다. 그리고는 4구째 들어오는 포심 패스트볼을 다시 한번 건드려 백네트를 넘어가는 파울을 만들어냈다.

상황이 이렇게 되자 프레드 알바레스의 표정이 달라졌다.

"귀찮게 하는군."

프레드 알바레스는 첫 안타를 얻어맞기 전까지 모든 공을 포심 패스트볼 하나로만 던질 생각이었다.

하지만 이대로 가다간 정말로 첫 안타를 얻어맞을 것 같았다. 그것도 메이저리그 스카우터가 전부 모여 있는 상황에서 말이다.

'그럴 수는 없지.'

프레드 알바레스가 길게 숨을 골랐다. 그리고 약속대로 또다시 포심 패스트볼 사인을 내는 프랑크 알콘에게 고개를 저어 보였다.

"음?"

프랑크 알콘이 혹시나 싶어 재차 포심 패스트볼 사인을 내봤지만 프레드 알바레스는 이번에도 고개를 흔들어 댔다.

'더 이상 고집 부리지 않겠다는 말이지? 좋아.'

프랑크 알콘이 씩 웃으며 바깥쪽으로 떨어지는 체인지업 사인을 냈다.

체인지업의 무브먼트가 그렇게 좋은 건 아니지만 포심 패스트볼 하나만 노리고 있는 이진혁이라면 얼마든지 속일 수 있을 것 같았다.

아니나 다를까.

"크윽!"

포심 패스트볼처럼 날아들다가 마지막 순간에 뚝 떨어지는 공 앞에 이진혁의 방망이가 허무하게 허공을 가르고 말았다.

"스트라이크 아웃!"

구심의 요란스러운 콜 소리와 함께 1회 초 청소년 대표 팀 공격이 끝이 났다.

삼자범퇴.

세 타자 연속 삼진.

"역시."

"이게 알바레스지."

메이저리그 스카우터들이 당연한 결과라며 웃어댔다.

타자들이 힘 한번 써 보지 못하고 물러나면서 강동원의 부담감도 커졌다.

"동원아, 부담 갖지 말고, 편안하게. 알지?"

김성식 투수 코치가 다가와 강동원을 다독였다.

"네."

강동원이 가볍게 고개를 끄덕였다. 하지만 그것도 잠시. 프레드 알바레스의 흔적이 남아 있는 마운드에 도착하자 자신도 모르게 가슴이 두근거리기 시작했다.

"후우……."

강동원이 길게 숨을 골랐다. 관중이 그리 많지는 않지만 그래도 도쿄 돔이었다.

대회가 끝나면 일본 최강인 요미우리 자이언츠가 홈구장으로 사용하는 그런 곳이었다.

이곳에서 아마 야구 최강이라 불리는 쿠바 대표 팀을 상대로 공을 던지게 될 것이라고는 지금껏 단 한 번도 상상해 본 적이 없었다.

"떨지 말자."

흥분을 가라앉히며 강동원이 천천히 마운드를 골랐다. 가볍게 어깨도 돌리며 긴장감을 풀기 위해 애를 썼다.

그러는 동안 쿠바 대표 팀의 1번 타자 알렉세이 벨라가 오른쪽 타석에 들어왔다.

'내 공을 던지자! 평상시처럼만 하면 돼!'

주문처럼 속으로 중얼거리며 강동원이 홈 플레이트 쪽을 바라봤다.

박상현의 초구 사인은 포심 패스트볼.

코스는 바깥쪽이었다.

강동원은 가볍게 고개를 끄덕였다. 그리고 박상현의 미트를 향해 있는 힘껏 공을 내던졌다.

후앗!

강동원의 손끝을 빠져나간 공이 정확하게 홈 플레이트 바깥쪽으로 날아갔다. 그런데…….

"볼!"

구심은 스트라이크존을 벗어났다고 판단을 내렸다.

'좀 빠졌나?'

박상현은 다시 바깥쪽 포심 패스트볼을 요구했다. 강동원은 이번에도 군말 없이 박상현의 미트를 향해 공을 내던졌다. 하지만.

퍼엉!

마지막 순간에 살짝 빠져나간 공은 구심의 인정을 받지 못했다.

'여기서 또다시 스트라이크를 던지면 위험한데…….'

잠시 고심하던 박상현이 일부러 유인구를 요구했다. 바깥쪽 높은 코스의 포심 패스트볼.

이 공이라면 포심 패스트볼을 노리고 있을 알렉세이 벨라의 방망이를 끌어낼 수 있을 거라 여겼다.

그러나 알렉세이 벨라는 3구를 쓱 하니 훑어보고는 타석에서 물러나 버렸다. 덕분에 볼카운트가 쓰리 볼까지 몰리고 말았다.

'젠장. 내가 너무 긴장했나?'

공을 돌려받은 강동원은 길게 숨을 골랐다. 너무 서두르다 보니 밸런스가 미세하게 무너진 것 같은 느낌이 들었다.

'이번에는 꼭 스트라이크를 잡아야 해.'

로진백을 단단히 움켜쥐며 강동원이 마음을 다잡았다. 박상현은 바깥쪽 포심 패스트볼 사인을 냈다.

미트는 홈 플레이트 위쪽을 지나는 길목에 올려두었다. 설사 방망이에 걸리더라도 스트라이크를 잡아야 한다는 소리였다.

강동원도 고개를 끄덕였다. 그리고 천천히 와인드업을 한 뒤에 있는 힘껏 공을 던졌다. 그런데……!

"윽!"

이번에도 생각보다 공이 바깥쪽으로 날아갔다. 박상현이 노련하게 프레이밍을 한다 해도 스트라이크 판정을 받는 게 쉽지 않아 보였다.

그때였다.

따악!

알렉세이 벨라가 마지막 순간에 방망이를 내돌려 공을 걸어냈다.

1루 파울라인 밖으로 휘어져 나간 공이 그물망에 걸렸다.

그 타구를 묵묵히 지켜본 뒤 알렉세이 벨라가 아무 일도 없었다는 듯 가볍게 방망이를 휘두르며 타석으로 들어왔다.

순간 강동원의 입가로 묘한 웃음이 번졌다.

'빠지는 공을 노렸을 리는 없고……. 사사구로 나가기는 싫다 이건가? 오케이, 덤벼보라 이거지?'

강동원은 갑자기 승부욕이 불타올랐다. 알렉세이 벨라가 저렇게 도발해 오는데 여기서 도망쳤다간 두고두고 비웃음을 살 것 같았다.

강동원의 표정을 읽은 박상현도 이내 고개를 주억거렸다.

알렉세이 벨라는 타격 능력만큼이나 발도 빨랐다. 무사 상황에서 주자로 내보내 봐야 좋을 게 하나 없었다.

"좋아, 동원아. 그럼 커브로 가자."

박상현이 오늘 경기 처음으로 커브 사인을 냈다.

코스는 몸 쪽.

알렉세이 벨라가 바깥쪽 포심 패스트볼을 노리고 있다면 허를 찔릴 만한 코스였다.

박상현의 사인을 받은 강동원이 고개를 끄덕였다. 그리고 곧바로 알렉세이 벨라의 몸 쪽으로 떨어지는 커브를 던졌다.

후웅!

생각지도 못했던 공이 들어오자 알렉세이 벨라가 팔꿈치를 붙여서 방망이를 휘돌려 보았다.

하지만 그 정도 임기응변으로는 강동원의 낙차 큰 커브볼을 받아칠 수가 없었다.

투 스트라이크 쓰리 볼.

볼카운트가 가득 찼다.

'커브에 타이밍을 맞추지 못했어. 그렇다면…….'

박상현은 재차 커브볼을 요구했다. 알렉세이 벨라가 계속해서 포심 패스트볼을 노리고 있다면 커브볼을 던져 완벽하게 타이밍을 빼앗을 필요가 있었다.

강동원은 박상현의 요구대로 커브를 던졌다. 바깥쪽 높이 날아들던 커브가 갑자기 고꾸라지기 시작하자 알렉세이 벨라가 기겁을 하며 방망이를 가져다 댔다.

딱!

방망이 끝에 걸린 타구가 1루 파울라인 밖으로 굴러갔다. 그와 동시에 알렉세이 벨라의 입에서 안도의 한숨이 흘러 나왔다.

'짜식, 후회되지?'

잔뜩 굳어진 알렉세이 벨라를 바라보며 강동원이 피식 웃었다.

만약 알렉세이 벨라가 4구를 고르고 나갔다면 또 몰라도 겁도 없이 승부를 자처한 이상 여기서 끝낼 생각은 눈곱만큼도 없었다.

'자, 동원아. 끝내자.'

잠시 뜸을 들이던 박상현이 이번에는 포심 패스트볼을 요구했다.

'몸 쪽 약간 높게.'

사인을 확인한 강동원이 가볍게 고개를 끄덕였다. 그리고 포수 미트를 향해 힘껏 던졌다.

후앗!

강동원의 손끝을 빠져나온 공이 알렉세이 벨라의 얼굴 쪽으로 날아들었다.

"어딜!"

알렉세이 벨라가 지지 않겠다며 방망이를 내돌렸다. 하지만 연거푸 들어온 커브 때문인지 솟구치는 공의 움직임을 따라잡지 못했다.

퍼엉!

"스트라이크, 아웃!"

묵직한 포구 소리와 구심의 콜 소리가 동시에 울려 퍼졌다. 그렇게 출루를 코앞에 뒀던 알렉세이 벨라가 허무하게 삼진으로 물러났다.

"좋았어."

불리한 볼카운트를 이겨내고 알렉세이 벨라를 삼진으로 잡게 되자 강동원도 더욱 힘이 났다.

그 결과 2번 타자 알프레도 데스피안을 유격수 앞 땅볼로 돌려세우며 두 번째 아웃 카운트를 잡아냈다.

"좋아, 좋아."

강동원의 투구를 지켜보던 박준태 수석 코치가 손뼉을 두드리며 소리쳤다.

초반 제구 난조를 극복하고 순식간에 두 개의 아웃 카운트를 잡아냈으니 강동원이 그저 대견스럽기만 했다.

하지만 김운식 감독은 아직 안심할 수 없다는 표정이었다. 까다로운 테이블 세터를 잘 처리하긴 했지만 쿠바가 자랑하는 클린업 트리오는 지금부터였기 때문이다.

쿠바 대표 팀의 3번 타자 로메 산토스가 타석에 들어서자 박상현의 얼굴에도 긴장감이 감돌았다.

'후우……. 어마어마한데?'

같은 나이라는 게 믿겨지지 않을 만큼 로메 산토스는 체구가 컸다. 게다가 온몸이 근육들로 가득했다.

만에 하나 실투라도 던진다면 가볍게 휘둘러 담장 밖으로 날려 버릴 것만 같았다.

'침착해야 해. 여기서 주도권을 내줄 수는 없어.'

애써 마음을 다잡으며 박상현이 초구에 바깥쪽 포심 패스트볼을 요구했다.

퍼엉!

강동원은 박상현의 미트 속에 정확하게 공을 꽂아 넣었다.

"스트라이크!"

구심이 오른팔을 들어 올렸다. 로메 산토스가 조금 먼 것 같다며 고개를 갸웃거렸지만 구심의 판정은 달라지지 않았다.

'이제 하나 빼보자.'

박상현은 2구째 바깥쪽으로 떨어지는 체인지업을 요구했다. 하지만 로메 산토스는 이번에도 제자리에서 꿈쩍도 하지 않았다.

퍼엉!

강동원이 3구째 내던진 몸 쪽 하이 패스트볼도 로메 산토스의 방망이를 이끌어 내지 못했다. 오히려 볼카운트만 나빠졌다.

원 스트라이크 투 볼.

배팅 기회가 찾아오자 로메 산토스가 방망이를 더욱 힘껏 움켜쥐었다.

'어찌한다…….'

박상현은 고심했다. 3구째 던진 하이 패스트볼을 건드려 줬다면 4구째 커브 사인을 낼 생각이었다.

하지만 볼카운트가 불리한 상황에서 스트라이크를 잡기 위해 커브를 집어넣었다간 장타를 얻어맞게 될지 몰랐다.

'하나 더 빼보자.'

박상현은 고민 끝에 바깥쪽 포심 패스트볼 사인을 냈다.

초구 때보다 공하나 정도가 빠지는 코스였다. 배팅 기회를 얻은 로메 산토스라면 이 공을 그냥 흘리지 않을 것이라 여겼다.

그리고 그 예상은 정확하게 맞아 떨어졌다.

따악!

강동원이 바깥쪽으로 내던진 포심 패스트볼에 로메 산토스의 방망이가 끌려 나온 것이다.

방망이 끝에 걸린 타구는 2루수 정면으로 굴러갔다. 로메 산토스가 이를 악물고 내달렸지만 그보다 2루수 안상헌의 송구가 더 빨랐다.

"아웃!"

1루심의 요란한 외침 속에 세 번째 아웃 카운트가 만들어졌다.

그 모습을 지켜보던 메이저리그 스카우터들의 입가를 타고 하나같이 재미난 웃음들이 번졌다.

"호오, 저 한국인 투수 제법인데."

"이름이 강인가? 좋은 커브를 던지는 것 같아."

"저 정도 커브라면 메이저리그에서도 괜찮지 않을까?"

"아니야, 너무 섣부른 판단이야. 좀 더 지켜보자고."

메이저리그 스카우터들의 머릿속에 강동원이라는 이름 석자가 새겨지는 동안 공수가 교대됐다. 그리고 청소년 대표팀의 2회 초 공격이 시작되었다.

"저 자식, 건방진데?"

강동원의 투구에 자극을 받은 프레드 알바레스는 포심 패스트볼 구속을 159㎞/h까지 끌어올렸다.

초반 기 싸움에서 밀렸다간 한국 청소년 대표 팀에게 분위기를 넘겨줄지도 모른다고 판단한 것이다.

덕분에 대표 팀 타자들은 또다시 프레드 알바레스에게 끌려 다녀야 했다.

4번 타자 하석진은 원 스트라이크 원 볼 상황에서 3구째 포심 패스트볼을 때려 유격수 땅볼로 물러났다.

방망이 중심 부분에 맞추긴 했지만 타이밍이 완전히 밀리면서 내야를 꿰뚫지도 못했다.

5번 타자 최원진은 초구에 이를 악물고 방망이를 휘둘러 행운의 안타를 만들어냈다. 하지만 더 이상의 추가 진루는 없었다.

6번 타자 임성진은 3구 삼진. 7번 타자 강성원은 원 스트라이크 원 볼 상황에서 3구째 들어온 하이 패스트볼을 건드렸다가 포수 파울플라이로 물러나고 말았다.

"나도 질 순 없지."

뒤이어 마운드를 물려받은 강동원도 이를 악물고 공을 내던졌다.

4번 타자 다니엘 모레아는 3구째 바깥쪽으로 빠져 나가는 커브를 던져 유격수 땅볼로 유도했다.

투 스트라이크로 몰린 상황에서 강동원의 결정구인 커브가 들어오자 다니엘 모레아도 방망이를 휘돌릴 수밖에 없었다.

5번 타자 데이비드 카스티오는 5구째 던진 체인지업에 헛스윙 삼진으로 물러났다.

포심 패스트볼–커브–포심 패스트볼–커브 순서로 타이밍을 빼앗고 기습적으로 체인지업을 던지니 가뜩이나 성급한 데이비드 카스티오가 참아내질 못했다.

6번 타자 도날드 듀레트는 강동원의 초구 포심 패스트볼을 잡아 당겨 1루수 땅볼로 아웃됐다.

삼자범퇴.

그러자 프레드 알바레스도 기다렸다는 듯이 3회 초 세 타자를 삼자범퇴로 돌려세우며 응수했다.

8번 타자 박상현은 포심 패스트볼에 연속 헛스윙만 하다가 삼진 아웃을 당했다.

9번 타자 황선주는 빠른 패스트볼에 잘 대응하다가 기습적으로 들어온 슬라이더에 휘말려 2루수 땅볼로 물러났다.

투 아웃 주자 없는 가운데 타순이 한 바퀴 돌면서 1번 타자 강덕진이 타석에 들어왔다.

"칠 수 있어."

이미 한 차례 경험한 탓인지 강덕진은 자신 있게 방망이를 휘둘렀다.

4구째 들어온 포심 패스트볼에 밀려서 유격수 땅볼로 물러나긴 했지만 초구와 2구째 포심 패스트볼을 파울로 만들어내며 프레드 알바레스를 짜증스럽게 만들었다.

"좋아. 이대로만 가면 점수를 뽑아낼 수 있겠어."

강덕진의 달라진 대처에 강동원도 주먹을 움켜쥐었다. 그러고는 들뜬 마음으로 마운드에 올라갔다.

하지만 포심 패스트볼과 커브를 기본으로 한 볼 배합이 쿠바 대표 팀 타자들에게 읽히면서 하위 타선을 상대로 쉽지 않은 승부가 이어졌다.

7번 타자 루이스 발데아스는 5구 승부 끝에 커브로 삼진을 잡아냈다. 포심 패스트볼 하나만 노리고 들어왔다는 걸 알고 4구와 5구, 연달아 커브를 던진 게 먹혀들었다.

8번 타자 프랑크 알콘은 풀카운트 접전 끝에 중견수 플라이로 아웃시켰다.

유인구가 통하지 않으면서 볼카운트가 원 스트라이크 쓰리 볼까지 몰렸지만 이번에도 커브를 앞세워 위기를 벗어났다.

9번 타자 윌리암 차베스와는 풀카운트를 넘어 7구 승부까지 갔다. 프랑크 알콘에게 너무 많은 공을 던졌다는 생각에 승부를 서두르다가 오히려 역효과가 나고 말았다.

"동원이 투구 수가 갑자기 늘어났는데요."

박준태 코치가 불안한 얼굴로 말했다. 그러자 김성식 투수 코치가 다음 투수를 준비해야 하는 게 아니냐며 호들갑을 떨었다.

하지만 김운식 감독의 생각은 달랐다.

"투구 패턴이 읽힌 것뿐이야. 그래도 아직까지 커브가 얻어맞진 않았으니까 괜찮을 거야."

김운식 감독은 오히려 프레드 알바레스의 구위가 줄어든 것 같다며 기대감을 부풀렸다.

미묘하긴 했지만 포구 소리가 경기 초반만 못하다는 느낌이 든 것이다.

하지만 쿠바 코칭스태프들은 그 사실을 알아채지 못했다. 프레드 알바레스 역시 끄떡없다는 표정으로 마운드에 올랐다. 그리고 한국 청소년 대표 팀에 기회가 찾아왔다.

그 시작은 2번 타자 안상헌. 원 스트라이크 원 볼 상황에서 바깥쪽 높게 들어오는 포심 패스트볼을 툭 하고 밀어친 게 유격수 키를 살짝 넘기는 안타로 이어진 것이다.

"젠장할!"

재수가 없었다고 생각한 프레드 알바레스는 안상헌을 집요하게 견제했다.

그 과정에서 1루수 다니엘 모레아가 송구를 놓치면서 안상헌이 2루까지 살아 들어갔다.

그리고 앞선 타석에서 까다로운 모습을 보여주었던 3번 타자 이진혁이 타석에 들어섰다.

"저 자식."

뭔가 자신감에 찬 이진혁의 표정에 프레드 알바레스가 이를 악물었다. 안타 하나면 선취점을 내줄 상황이었지만 이진혁을 상대로 도망가는 피칭을 할 생각은 눈곱만큼도 없었다.

하지만 프레드 알바레스는 와인드업 포지션으로 던질 때보다 세트포지션으로 던질 때 투구 밸런스가 흐트러지는 경향이 있었다.

구속은 물론이고 구위와 무브먼트, 거기다 제구까지 흔들리니 선구안 좋은 이진혁도 쉽게 방망이를 내밀지 않았다.

그렇게 투 스트라이크 쓰리 볼, 풀카운트가 만들어졌다.

"진혁아, 좋아!"

"포볼로 나가!"

"좋았어! 굿 아이! 굿아이!"

청소년 대표 팀 선수들은 한목소리로 이진혁이 출루하길 바랐다.

무사 2루도 좋지만 무사 1, 2루 상황으로 몰아붙인다면 흔들리는 프레드 알바레스를 완전히 무너뜨릴 수 있을 것 같왔다.

'어떻게든 고른다!'

이진혁도 가급적이면 치지 않겠다고 이를 악물었다. 하지만 프레드 알바레스가 내던진 하이 패스트볼이 눈높이로 날아들자 자신도 모르게 방망이를 휘두르고 말았다.

스트라이크 아웃.

"젠장할!"

이진혁의 입에서 욕지거리가 터져 나왔다. 그런데.

"뛰어!"

"진혁아! 뛰라고!"

갑작스럽게 한국 대표 팀 더그아웃이 소란스러워졌다. 이진혁의 박력 넘치는 스윙에 놀란 포수 프랑크 알콘이 공을 놓쳐버리고 만 것이다.

공이 빠진 걸 확인한 이진혁은 재빨리 1루로 내달렸다. 그사이 2루에 있던 안상헌도 3루까지 들어갔다.

프랑크 알콘이 뒤늦게 송구 자세를 취해봤지만 그때는 이미 모든 게 끝난 뒤였다.

"하아……. 미치겠군."

쿠바 대표 팀 코랄 감독의 입에서 절로 한숨이 흘러나왔다.

전문가들이 지적하는 쿠바 대표 팀의 우승을 가로막는 가장 큰 복병인 수비 불안이 하필이면 이 시점에 터질 줄은 예상하지 못한 것이다.

게다가 다음 타자는 4번 타자 하석진이었다.

앞선 타석에서는 범타로 물러났지만 4번의 중량감을 감안했을 때 큼지막한 희생플라이 정도는 얼마든지 때려줄 수 있을 것 같았다.

"정면 승부는 위험해."

코랄 감독이 재빨리 배터리에게 사인을 냈다. 그러자 김운식 감독도 기다렸다는 듯이 작전을 걸었다.

따악.

타격 자세를 취하던 하석진은 초구에 번트 자세를 취했다. 그리고 바깥쪽으로 휘어지듯 들어오는 슬라이더를 정확하게 3루 라인 쪽으로 굴렸다.

순간 프레드 알바레스를 비롯해 1루수 다니엘 모레아와 3루수 로메 산토스까지 화들짝 놀라며 앞으로 뛰어들었다.

하지만 그보다 3루 주자 안상헌의 움직임이 더 빨랐다. 로메 산토스가 타구를 잡았을 때는 이미 안상헌이 헤드 퍼스트 슬라이딩을 감행하고 있었다.

"1루로!"

포수 프랭크 알콘의 지시에 로메 산토스는 홈을 포기하고 1루로 공을 내던졌다. 그러는 동안 1루에 있던 이진혁은 2루까지 들어갔다.

"젠장할!"

프레드 알바레스는 어처구니없다는 표정으로 한국 대표
팀 더그아웃을 바라봤다.

하석진은 한국 대표 팀의 4번 타자였다. 그런데 성공 확률
이 낮은 스퀴즈 번트를 지시하다니. 도저히 이해가 가지 않
았다.

"뭐 이딴 야구가 다 있어?"

다시 마운드에 오른 프레드 알바레스는 잔뜩 상기된 얼굴
로 6번 타자 임성진을 상대했다.

바로 등 뒤에 주자가 있었지만 프레드 알바레스는 신경
쓰지 않고 공격적으로 공을 내던졌다.

153km/h의 포심 패스트볼 두 개로 투 스트라이크를 잡아
낸 뒤 147km/h짜리 고속 슬라이더로 삼진을 빼앗았다.

7번 타자 강성원은 포심 패스트볼을 노리고 들어갔다가
고속 슬라이드에게 타이밍을 빼앗기며 2구만에 유격수 땅볼
로 물러났다.

"괜찮아!"

"잘했어!"

추가 득점에 실패했지만 한국 대표 팀 더그아웃의 분위기
는 좋았다. 난공불락처럼 여겨졌던 프레드 알바레스를 상대

로 선취점을 뽑아냈으니 이길 수 있다는 자신감이 생긴 것이다.

그러자 위기감을 느낀 쿠바 대표 팀의 코랄 감독이 선수들을 불러 모아 분위기를 다잡았다.

"이제 4회다. 그리고 고작 한 점이다. 아직 이닝은 많이 남았으니까 충분히 따라갈 수 있다. 그러니까 조바심 내지 마라."

4회에 프레드 알바레스가 완전히 무너졌다면 또 모르겠지만 1실점으로 잘 틀어막았다.

오히려 무사 1, 3루 기회를 잡고도 한 점밖에 뽑아내지 못한 한국 청소년 대표 팀이 아쉬워해야 할 상황이었다.

고질적인 수비 불안으로 또다시 발목을 잡히긴 했지만 코랄 감독은 크게 걱정하지 않았다.

이번 대회 최강의 공격력을 자랑하는 만큼 한 점 정도는 얼마든지 따라붙을 수 있다고 여겼다.

"한국 투수의 커브는 수준급이다. 그러니까, 커브는 버리고 무조건 카운트를 잡으러 들어오는 포심 패스트볼을 노려라.

아니, 포심 패스트볼로 들어오면 볼카운트는 상관없다. 눈에 보이면 무조건 때려라. 알겠나."

"넵!"

두 번째 타석에 들어선 1번 타자 알렉세이 벨라는 코랄 감독의 지시에 충실했다. 강동원이 초구에 포심 패스트볼을 던지자 망설이지 않고 방망이를 휘돌린 것이다.

하지만 타구는 유격수 정면으로 굴러갔다. 2번 타자 알프레도 데스피안 역시 마찬가지.

초구 커브를 지켜본 뒤 2구째 빠지는 패스트볼을 건드려 2루수 땅볼로 물러났다.

"맞춰 잡는 재미도 쏠쏠한데?"

공 3개로 두 개의 아웃 카운트를 잡아내자 강동원의 표정도 밝아졌다.

앞선 이닝에서 투구 수가 늘어나 걱정했는데 이번 이닝에서 충분히 만회할 수 있다고 판단한 것이다.

그러다 3번 타자 로메 산토스에게 실투를 던져 장타를 얻어맞았다.

초구와 2구 연속 커브를 던져 투 스트라이크를 잘 잡아 놓고서는 바깥쪽으로 빠지는 포심 패스트볼을 던진다는 게 살짝 가운데로 몰려버린 것이다.

"젠장."

하필이면 첫 안타가 2루타라는 사실에 강동원의 미간이 일그러졌다. 그러자 박상현이 걱정할 것 없다며 강동원을 다독였다.

"괜찮아, 괜찮아. 그럴 수도 있지. 이제 아웃 카운트 하나 남았다고."

주자가 스코어링 포지션에 나가 있다 하더라도 이번 아웃 카운트만 잡아내면 얼마든지 무실점으로 이닝을 마칠 수 있었다.

하지만 쿠바 대표 팀 더그아웃은 오늘 경기 처음으로 잡은 득점 기회에 환호를 쏟아냈다.

게다가 다음 타석은 4번 타자 다니엘 모레아였다.

"후우……."

강동원이 길게 숨을 골랐다. 그런 강동원을 바라보며 다니엘 모레아가 보란 듯이 입가를 비틀어 올렸다.

"스코어링 포지션에서 4번 타자라."

"오늘 경기의 분수령이 되겠어."

메이저리그 스카우터들도 너 나 할 것 없이 경기에 빠져들었다.

그렇게 대한민국 에이스와 쿠바의 4번 타자 간 진검승부가 시작됐다.

to be continued

스킬의 제왕

기형석 퓨전 판타지 장편소설

인간군 검병2부대 소속, 강무열.
과거로 돌아오다.

검과 마법, 그리고 정령까지.
인류가 염원하는 그 힘을 얻을 방법이 내 기억 속에 남아 있다.
미래의 스킬을 아는 자.

후회의 전생을 딛고 신의 땅에서
인류의 멸망을 막기 위해
제왕이 되고자 일어서다!

"이제 내가 권좌에 오르겠다."

내 안에
몬스터 있다

형상준 현대 판타지 장편소설

태양의 흑점 폭발과 함께 새로운 시대가 찾아왔다!

마나와 능력자, 그리고 몬스터가 존재하는 현대.
그리고 그곳을 살아가는 마나석 가공 판매업자 김호철.
평소처럼 마나석을 탄 꿀물을 마시던 그는
번개에 맞고 신비로운 힘을 각성하게 되는데…….

'내 안에서 몬스터가…… 나왔다?'

그것도 김호철이 먹은 마나석의 개수만큼 많이.